Petra Ohl

PAX ERZÄHLT

novum ◢ pro

Dieses Buch ist auch als
e-book
erhältlich.

www.novumverlag.com

© 2021 novum Verlag

ISBN 978-3-99107-718-3
Lektorat: Susanne Schilp
Umschlagfotos: Petra Ohl;
Wanchana Pittamata | Dreamstime.com
Umschlaggestaltung, Layout & Satz:
novum Verlag
Innenabbildungen: Petra Ohl

Die von der Autorin zur Verfügung
gestellten Abbildungen wurden in der
bestmöglichen Qualität gedruckt.

Gedruckt in der Europäischen Union
auf umweltfreundlichem, chlor- und
säurefrei gebleichtem Papier.

www.novumverlag.com

Bibliografische Information
der Deutschen Nationalbibliothek:

Die Deutsche Nationalbibliothek
verzeichnet diese Publikation in
der Deutschen Nationalbibliografie.
Detaillierte bibliografische Daten
sind im Internet über
http://www.d-nb.de abrufbar.

VORWORT

Wer einen Hund aus dem Tierheim bei sich aufnimmt, muss sich darüber klar sein, dass dieser neue Gefährte meistens schon seine ganz eigene, mehr oder weniger längere Geschichte hat. Das ist zumeist eine Geschichte der Missachtung, der Verachtung, der Gewalt in verschiedensten Ausprägungen.

Man wird also zumeist keinen unbekümmerten, Pfötchen gebenden, unkomplizierten und bestens sozialisierten Gefährten erhalten, sondern eine komplizierte, ganz eigene Persönlichkeit. Der Hund aus dem Tierheim hat zumeist schon eine unendliche, unvorstellbare Leidensgeschichte hinter sich.

Soviel Leid kann und will kein Mensch ertragen, wie diese dennoch lieben und treuen Gefährten schon ertragen mussten.

Es heißt ja nicht von ungefähr **„Der Hund bleibt dir im Sturme treu, der Mensch nicht mal im Winde"**. **Wie wahr!** Sie, mit allen mehr oder weniger komplizierten Geschichten aus der Vergangenheit, ein Recht auf Liebe und Geborgenheit.

Denn das benötigen sie, mehr als jeder andere, ganz dringend und notwendig.

Sie hingegen geben unendlich viel im vertrauten Umfeld zurück: bedingungslose Liebe und deutliche Mitteilungen.

Es heißt für Zweibeiner nur: ständige Bewusstheit, zusehen und zuhören.

Somit kann der Mensch in seiner Menschwerdung, seinem Reifungsprozess stets nur ein Lernender sein, was wohl auch seiner Bewusstheit und Reifung im menschlichen Miteinander nur förderlich sein kann.

Die missachtete, geschundene, gequälte, aussortierte und weggeworfene Kreatur schenkt ihm die Möglichkeit zur Wahrhaftigkeit!

EIN TIEF YON HERZEN

KOMMENDER DANK GEHT VOR ALLEM AN:

Im Garten der Finca Costoula
Dornbrach-Stoupi

Frau Sabine Weinzierl
Frau Sybille Koch
Frau Dr. Astrid Patzak-Theen

Nach Kostendeckung geht
der Gewinn zu 50 Prozent
an das Tierheim in Chania/Kreta
unter der Leitung von
Frau Costoula Dornbrach-Stoupi.

DARF ICH MICH VORSTELLEN?

Mein Name ist Pax! Jaja – ich bin auch tatsächlich so ein ganz Friedlicher … schließlich bin ich ja meinem Namen verpflichtet. Meine Vergangenheit und mein genaues Alter sind selbst mir eigentlich unbekannt. Unbekannt ist mir natürlich ebenfalls, wo und mit wem ich wohl als Welpe gelebt habe.

Die Tierärztin, zu der ich an meinem ersten Tag hier mitging, meinte, ich wäre wohl so drei bis vier Jahre alt, das sähe man schon an meinen Zähnen (nun gut – einen Zahn habe ich mir abgebrochen – muss wohl so ein getrocknetes Rinderohr gewesen sein, an dem ich irgendwann geknabbert hatte).

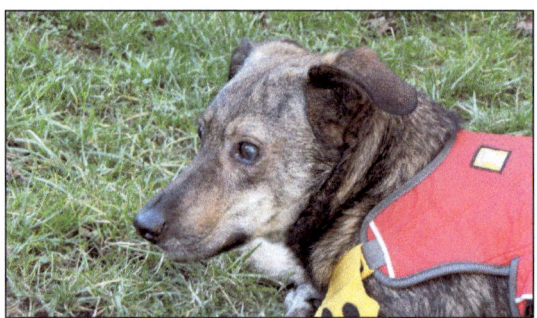

Da offensichtlich meine Lebensgeschichte eine Reihung von Fragezeichen ist, bleiben wir am besten bei den Fakten:

Ich komme aus Chania auf Kreta. Irgendwann, irgendwo fand mich ein freundlicher Zweibeiner schwer verletzt und brachte mich ins Tierheim. Eine ehrenamtliche Tierärztin operierte aus meinem Kopf mehr als zwanzig Schrotkugeln heraus. Ich bin blind.

Schließlich blieb ich lange in dem Tierheim, zusammen mit mehreren hundert Hunden; die meisten von ihnen waren sehend und wurden manchmal auch lästig zu mir als nicht Sehendem. Aber ich wurde gut versorgt, hatte ununterbrochen Gesellschaft und manchmal kam auch Besuch zu uns.

Am Stephanitag vergangenen Jahres war dann ein Wirbel. Zu viert wurden wir reisefertig gemacht und zum Flughafen gebracht. Leider kam Costoula, die Leiterin des Tierheims, nicht mit zu unserem Ziel. Sie war mir doch vertraut, und ich hatte so manche Streicheleinheit von ihr bekommen. Aber jedenfalls: Ich hatte schon Tage vorher gespürt, dass sie sich für mich freute – warum, das wusste ich noch nicht …

In München erwartete uns zum Glück eine Freundin, die ich schon von Besuchen her kannte. Und dann ging es weiter – jetzt weiß ich, dass es Salzburg war, unser Ziel. Puh – war ich müde! Die beiden neuen Zweibeiner freuten sich spürbar riesig über meine Ankunft. Ich erkundete noch ein wenig die unbekannte Umgebung und wusste, dass ich noch Vieles lernen würde. Schließlich suchte ich mir dann beruhigt eine dunkle Ecke (dort lag ein weiches großes Kissen) und schlief ohne Angst ein.

A BISSERL KRANK

Unerwartet und unerwünscht konnte ich mit einem Mal nicht mehr so kräftig bellen, wie ich wollte. Meine kräftige Stimme war nicht mehr so tenoral wohlklingend, und überdies war meine markante Nase ein wenig trockener als sonst. Hmmm – und niesen musste ich, sodass immer einer meiner beiden „hatschi" sagen musste. Aber gut: Herrli ging sofort mir zur Frau Doktor (zu allem Überfluss regnete es!). Die schaute sich kundig meinen Hals an und stellte fest, dass er so rot war, wie er sich für mich anfühlte. Da hab ich halt eine Spritze bekommen und dann Tabletten für daheim.

Nach ausgedehnten Spielen mit meiner Kleinen war mir nicht zumute … aber nach Schlaaafen … Am sicher köstlichen Mittagfressen habe ich später nur mal genippt, während Kari wie immer alles verschlungen hat. Bloß auf meine „Nur-für-dich-Pax"-Streifen vom Hähnchenfilet konnte ich doch nicht verzichten. Danach umfingen mich wieder Morpheus' Arme, und den Mittagsschlaf habe ich mal locker ausgedehnt bis zum Abend.

Hatte ich das Mittagsfressen verschmäht (obwohl es gut roch), so habe ich das Abendfressen nicht mal ignoriert (was der stärkste Ausdruck für Gleichgültigkeit ist). Nachdem wir den Spaziergang am Nachmittag ausgelassen hatten (ich schlief ja schließlich … und werde da natürlich auch nicht geweckt), wurde es jetzt am Abend doch Zeit für mich, noch mal kurz in den Regen zu gehen. Na ja, meine Große hat mir ja auch Mut gemacht, dass wir nur kurz um die Ecke auf unsere Wiese und dann gleich wieder heimgehen würden. So war es!

Der Hund ist der beste Freund des M...

In der Nacht habe ich mich zur Ruhe begeben auf dem gemütlichen Sofa im Wohnzimmer. Frauli hatte es auch vorsorglich fein vorbereitet mit einem Baumwolltuch, nicht zu warm und nicht zu kühl. Hei – war das gut! So habe ich wenigstens ruhig und ausgiebig schlafen können – man sagte mir, ich hätte gelächelt wie ein Schmunzelhase. Ich? Hase??? Soll das ein Witz sein???

Am nächsten Tag war es ähnlich wie am Vortag: Halsschmerzen, Regen, Müdigkeit, Appetitlosigkeit, keine Lust zum Spielen. Nee, nee – es gab aber morgens Leberwurst (da war wohl meine Medizin drin) und Kari bekam auch eine Kugel davon (wohl eher ohne Medizin – aber so wurde sie nicht neidisch). Mmmh – das war lecker und außergewöhnlich.

Wir sind auch an diesem Tag nicht weit gegangen – nur für die notwendigen Geschäfte. Das war mir sehr recht, und ich habe es auch von mir aus angezeigt. Das funktioniert auch ohne große Worte. Herrli und Kari habe ich auch ohne Rebellion Gassi gehen lassen nach einem wenigstens angedeuteten Widerstand.

Als sie dann endlich weg waren, habe ich nur so ganz diskret meinen Kopf am Küchenschrank hochgereckt, und Frauli wusste sofort, wo meine Interessen lagen.

Es ging ja um die berühmten „Nur-für-dich-Pax"-Streifen! Jaaa – die habe ich mir dann auch schmecken lassen … in Maßen, aber immerhin.

Die beiden kamen ja ohnehin bald wieder, und spielen konnte ich auch schon wieder ein wenig, ohne Übertreibung.

Am dritten Tag war ich sogar schon ein wenig unternehmungslustiger beim morgendlichen Gassi-Gehen.

Es ist von unschätzbarem Vorteil, wenn man (wie ich) jeden Zentimeter kennt. Haben wohl die sehenden Zwei- und Vierbeiner schon mal alles so genau wahrgenommen?

Ich kenne alle Steine und Grashalme, weiß genau, in welcher Ecke die besten sind. Und ich kenne alle Visitenkarten, denen ich meine natürlich hinzufüge „Pax war auch wieder hier"!

ANLIEGEN

Wenn mir so allmählich schwant, dass ich vielleicht und unter gewissen Umständen eventuell ein ganz dringendes Anliegen haben könnte, dann lege ich mich für alle Fälle schon mal ganz gemütlich vor die Wohnungstür. Der Ort ist ohnehin bedeutsam, weil man von dort aus alle Bewegungen im Haus mitverfolgen kann. So bin ich immer auf dem letzten Stand der Dinge und gestatte mir, sie hier und da zu kommentieren mit meinem Bellen. Wenn die alle wüssten, wie sanft, friedvoll und angstvoll ich eigentlich bin …

Auf freundliche Anfragen, ob ich denn nicht Gassi gehen wolle, das wäre doch „ganz gscheit", reagiere ich erst mal gar nicht. Nicht mal ignorieren ist dann meine Devise, nicht mal ignorieren! Aber ich höre sehr wohl … ich höre sogar zu … nur bin ich dann manchmal zu faul, da ich es ja gerne gemütlich habe – oder aber ich versuche gerade noch, es aufzuschieben. Ich als großer Manndi kann das ja. Das sieht bei dem kleinen Krokodil ganz anders aus, und Frauli muss dann alles wieder richten. Gerne macht sie das bestimmt nicht, aber immer mit ganz großer Geduld.

Na also. Ihr wisst schon, ein wenig Schonfrist gibt oder gäbe es für mich wohl, wäre da nicht das Anliegen, das sich hin und wieder doch meldet. Frauli kennt mich da schon, und nach einer ganzen Weile zieht sie einfach schon mal ihr Kleidi an und legt meines ermunternd über mich. Dann tue ich erst mal so, als wäre da nichts und lege mich wieder gemütlich hin. Tja – auf einmal finde ich dann mein Kleidi über meinem Kopf, und Frauli steckt mir sogar noch im Liegen den rechten Fuß durch mein Geschirr. Raffiniert!!!

Ich tue einfach so, als wäre ich nicht da – aber dazu habe ich keine Chance. Ich bin durchschaut, ganz klar. Sobald dann der Satz kommt „Pax, du bist doch ein gscheiter Manndi, komm Pax, sei kein Frosch", dann bin ich schon zu meinem Glück gezwungen quasi. Und wo ich eh schon durchschaut bin in meiner Taktik, stehe ich auch flugs auf.

Rasch gehen wir dann aus unserer Wohnung … und dann setze ich mich erst einmal auf die oberste Stufe.

Erst hat Frauli mich dann immer aufgehoben. Und was macht sie nun???

Sie setzt sich einfach neben mich und suggeriert mir, wie fein es wäre, jetzt ein Laki und ein Haufi auf der Wiese zu machen – fein und gscheit!

Nun jaaa – das ist schließlich überzeugend!

Tja, gehen wir also. Wenn es ihr Freude macht – mir sowieso, weil ich ja mittlerweile ein seeehr dringendes Anliegen habe.

Wenn wir erst mal unten sind, dann lasse ich mir durchaus auch noch die Zeit herauszufinden, wer denn nun hier war: Man muss sich ja erst mal wieder orientieren und sammeln innerlich.

Den Weg kenne ich im Schlaf schon auswendig, hier kommen ohnehin immer dieselben Vierbeiner vorbei, die mich aber nicht sonderlich interessieren. Aber dann – wie ein Wirbelwind – dann geht's zu unserer Wiese.

Wiesen sollte ich besser sagen, denn ich bin ja nicht auf eine beschränkt.

So weit, so gut. Nach dem „Geschäftlichen" habe ich ein ganz anderes Anliegen: zurück zur Kleinen zum Spielen!

APRILSCHERZ?

Hui – das war ja wohl ein richtiger Aprilscherz-Morgen.

Tja, dass Frauli schon ganz besonders früh wach wurde, habe ich wohl gehört. Aber ich habe mich einfach noch einmal genüsslich in meinem Bett umgedreht, weil es ja so gemütlich war. Den Duft von Kaffee habe ich wohl auch gerochen, doch welcher gescheite Hund will schon Kaffeeli trinken? Allerdings: Als ich später dann Frauli aus dem Bad kommen hörte, bin ich – schwupp – aus meinem Bett gesprungen, habe mir den Schlaf aus dem Fell geschüttelt und mich auf unsere Begrüßung gefreut. Meine Freude war natürlich doppelt, denn ich hatte ja **auch** ein Anliegen. Zum Glück war das sofort klar. Ich habe also höflich gewartet, bis Frauli ausgehfertig war und mir mein Kleidi flink übergezogen hat. Husch, schon waren wir unterwegs. Hinter dem Haus war Fraulis Stirnlampe sehr hilfreich (ich hörte später, dass es erst kurz nach drei Uhr war). Nach dem Rasen „sprengen" und einem kleinen Gras-Snack hatte ich gleich noch Lust auf einen kleinen Spaziergang.

Die Luft war duftig frisch, und die Straßen waren noch gaanz ruhig.

Frauli sagte mir, dass alle Leute noch schliefen. Es war richtig entspannt, so zu gehen. Niemand kam uns entgegen, kein Rad brauste an uns vorbei, kein Auto knatterte um unsere Ohren.

In den Bäumen hielten kleine Vögel ihre Morgenbesprechung ab, das war wie Musik. An keiner Stelle mussten wir besonders achtgeben und konnten ungestört laufen. Überall durfte ich natürlich „Zeitung lesen", also erkunden, wer alles vorbeigekommen war.

Das war schon spannend; manche Gerüche kannte ich ja schon (sagte Frauli auch). Fein, so haben wir beide unbeschwert eine Runde um den ganzen Block gedreht. Zum Abschluss habe ich Frauli noch einmal hinter das Haus geführt – geschäftlich, versteht sich – und dann sind wir wieder hinauf gegangen. Natürlich haben wir uns die Füßchen abgeputzt, damit drinnen alles schön sauber blieb.

Ach, ich war sooo zufrieden! Und wer so begeistert ist, hat natürlich Lust auf ein kleines Frühstück, versteht sich. Da wir uns ja so gut kennen und einander verstehen, bekam ich freilich die erhofften kleinen Geflügelwürstchen. Mjammm, da habe ich mir die Lippen genüsslich geleckt. So gestärkt fühlte ich mich gleich wieder unternehmungslustig.

Also habe ich mir meine Kuh-li-muh geschnappt und umher geschwenkt. Ob wohl Herrli auch mitspielen wollte? Ich bin mal vor sein Bett gewandert, aber Frauli sagte, er schliefe noch tief und fest. Wusste ich schon, aber das muss man doch nicht glauben – oder? Also bin ich samt Kuh-li-muh aus dem Stand elegant über ihn hinweg aufs Bett gesprungen. Dort habe ich einmal einladend gebellt, aber außer einem Raunen keine Antwort erhalten. Na ja, ehrlich gesagt, war ich ja auch eher noch ein wenig zu müde zum Spielen … gäääähn.

Also habe ich halt auch noch eine Runde geschlafen, so ein gscheiter Manndi wie ich muss ja nicht schon aufbleiben, wenn alle anderen noch in Morpheus' Armen liegen, gell? Aber es war schon ein ganz besonderer Morgen, also habe ich genüsslich vor mich hin gegrunzt (wie Frauli später sagte), also geschnarcht und mich freudig in meinem Betti geräkelt. Hier droht mir ja keinerlei Gefahr, so kann ich mich sorglos räkeln und mich dem Schlaf in die Arme werfen.

Na ja, da es ohnehin ein gewöhnlicher Dienstag war, musste ich ja nicht früh aufstehen, wir hatten keine Verpflichtungen weiter. Ich habe dann schon aus dem Hintergrund vernommen, dass Frauli und Herrli irgendwann Cappuccino getrunken haben, aber den mag ich ja nicht – ich bin mittlerweile Besseres gewöhnt. Ich habe mich einfach geschont bis zur Essenszeit.

Frauli „prüft" mich dann immer, sagt nichts – aber öffnet dann irgendwann (immer zur gewohnten Zeit) eine gute Dose.

Na klaaar höre und rieche ich das – ich bin doch nur blind!

Ihr ahnt gar nicht, wie schnell ich dann aufstehen kann! Oh jaaa! Obwohl ich Vertrauen habe, dass Frauli und Herrli mir nichts davon wegfressen! Frauli sagt dann auch immer „Guten Appetit Pax, ist alles deins." Dann lässt sie mich ungestört fressen, und das ist auch gut so!

Nun ja, meine beiden haben üblicherweise ganz andere Fresszeiten als ich, und das respektiere ich auch meistens. Es sei denn, es wäre gerade so ein leckerer Käse auf dem Tisch …

Nein, nein, nein, ich bettle dann nicht … ich mache dann nur sooo ein liebes Gesicht … und ich mache ganz gesittet „Sitz", sodass ich unwiderstehlich bin. Mjammm, dann genießen wir alle drei gemeinsam und, das ist auch wunderschön!

Oder bisweilen habe ich ein ganz dringendes, unaufschiebbares Anliegen geschäftlicher Natur. Dann ist auch niemand böse. In der Regel ist Frauli dann ganz rasch fertig, und wir können hinunterfahren.

Guuut – wunderbar! Danach fahren wir auch gleich wieder hoch, und dann lasse ich auch Frauli in Ruhe zu Ende essen und halte meinen Verdauungsschlaf. Gut, denn dabei stört mich niemand und anschließend gehen wir Männer ganz gemütlich Gassi. Oft gehen wir erst in unseren Garten, in dem ich ohne Weiteres frei laufen kann, denn schließlich kenne ich ja jeden Millimeter, jede

Blume, jeden Duft! Oh, das ist immer wieder spannend! Anschließend gehen wir oft zu Oma-Frauli. Da mache ich es mir einfach bei Herrli gemütlich und stehe dann gesittet und höflich auf zum Gehen. Unterwegs hinterlasse ich natürlich meine Visitenkarten, damit jeder Vorbeikommende auch gleich Bescheid weiß.

Ihr seht, mein Selbstbewusstsein ist mächtig gewachsen, ich bin ja ein Manndi von Welt! Demnächst mehr von meinen Erlebnissen …

AUFREGEND

Es gibt solche Tage, da spürt man schon, dass etwas in der Luft liegt. Aber was? Da werde ich schon mal zum stehenden und gehenden Fragezeichen, weil ich es mir nicht erklären kann. Ich konnte allem nur entnehmen, dass es sich um etwas Erfreuliches handeln würde, denn meine beiden Großen waren ganz fröhlich und gelassen. Also habe auch ich mir einen Frühstückshappen gegönnt – und danach ging der Wirbel los!

Es klingelte – wuff!!! – und obwohl mir die beiden die Melodie vorgesungen hatten, war ich doch in Aufruhr, weil schließlich ein Fremder kam, sonst hätte er ja aufgeschlossen.
Alle Wuffs dieser Welt habe ich ihm erst einmal gesagt. Unhöflich, gell?, denn er hatte ja auch mich begrüßt.
Als ich jedoch merkte, dass Herrli und Frauli ganz ruhig mit ihm sprachen, habe ich mich auf mein Lieblings-Betti zurückgezogen: Das grooße meine ich natürlich, ihr wisst schon. Und schließlich ging der Fremde ja auch wieder, das war mir recht!

Wiederum klingelte es nach einer Weile – sowas – ein Wuff nach dem anderen gab es für diese Ruhestörung! Herrli forderte mich auf, bei ihm zu bleiben, und Frauli kam kurz darauf mit einem großen Paket zurück. Da es aber offensichtlich nichts Leckeres enthielt, konnte es mir ganz und gar pax-wurscht sein.
Hab ich es mir halt danach schmecken lassen, mein gutes Fressi. Das gibt es ja nach Möglichkeit immer pünktlich, sagen Frauli und mein Magen.
Nach meinem feinen Verdauungsschläfchen gingen wir dann Gassi. Na ja, begonnen hat es nicht so wunderbar.

Kaum waren wir an der Ecke angelangt, ließ Herrli uns auch schon alleine stehen und ging rüber zum anderen Zuhause (das ist das mit den vielen Stufen).

Ich war nur kurz genötigt, in der Wiese zu halten und meine Visitenkarte zu hinterlassen.

Aber dann … dann bin ich ihm in Windeseile so hinterhergezischt, dass Frauli mich kaum noch halten konnte. So ist Frauli mitgelaufen – aber sie passt ja zum Glück immer auf den Verkehr auf … ein Glück!!! Und nachdem sie die Haustüre aufgeschlossen hatte … husch und hui … die lange Treppe hinauf wie der geölte Blitz, die Wohnungstüre aufgeschlossen, jajaja, da war Herrli … ganz erstaunt über unser Kommen.

Endlich konnten wir als Familie Gassi gehen und auch Oma-Frauli in ihrem neuen Zuhause besuchen. Danach kam Frauli noch ein Stück weit mit uns allen, musste aber dann weiter zum i-ö-r, kenne ich, da war ich auch schon mit Herrli. Im Übrigen weiß ich ja, sie kommt auf jeden Fall zurück.

Dieses Mal brachte sie mir sogar meine geliebten Hähnchenfilet-Stücke mit. Die musste sie wohl noch extra in der Stadt geholt haben – kenne ich auch genau.

Na fein, endlich erwartete uns ein gemütlicher Abend zum Fressen und Spielen und Schlafen! So hab ich es gerne!

AUSSENSEITER? INNENSEITER!

Was ich bei uns mal so mithörte in den Gesprächen, hat mich schon verwundert.
Seltsam, seltsam.

Herrli berichtete Frauli, dass mal über mich gesprochen wurde – nicht zu Hause.
Da hat ihn doch glatt jemand gefragt: „Was hat er denn gelernt bis jetzt? Nichts hat er gelernt!"

Ich war schon verblüfft über so viel Unverständnis, und Frauli war entsetzt. Nun gut, ich habe nicht gelernt Männchen zu machen, Pfötchen zu geben und zu allem keine Meinung zu sagen, wie das ja wohl viele Zweibeiner lernen.

Aber ich habe bei meinen beiden gelernt, dass ich Vertrauen haben kann.
Ich habe erfahren, dass ich geliebt werde – ohne wenn und aber!
Ich kann endlich vertrauen, darauf vertrauen, dass ich nie geschlagen oder getreten werde, wenn ich etwas sage.
Und wer schon mal 20 Schrotkugeln im Kopf hatte, der sagt lieber früher als zu spät etwas.

Ihr meint, wir könnten nichts sagen? Na klar reden auch wir Vierbeiner.
Ihr müsst nur zuhören, denn unsere Sprache ist anders und sehr unmissverständlich.
Nun gut, zugegeben … ich habe eine sehr kräftige Stimme. Dadurch mag sich schon mal jemand irritiert fühlen.

Doch rede ich ja nicht den ganzen Tag ununterbrochen. Meistens mache ich es mir gemütlich, oder ich marschiere still durch unser Zuhause.

Genau betrachtet brauche ich ja hundsgemäß sowieso meine mindestens 16 Stunden Schlaf am Tag.
Und wenn ich dann wach bin, sondiere ich immer gerne die Lage mit Nase und Ohren. Ich bin immer ganz Ohr. Also kann ich auch nicht einmal ein schlimmer Störenfried sein. Zweibeiner reden wohl erheblich mehr als ich, und ich hoffe nur, dass ihr Reden auch Sinn macht.

Jedenfalls bin **ich** immer ganz eindeutig und aufrichtig in meinen Äußerungen.
Ich kann gar nicht lügen oder mich verstellen in höflichem Geplänkel.
So hängen die Aussagen wenigstens klar in der Luft.
Jaja, schon – ich belle ja schließlich nicht auf den Tisch, müsst ihr verstehen.

Was ich wohl noch gelernt habe?
Ach – sooo viel! Zu Hause finde ich mich blind zurecht.
Haha, ich bin ja blind! Ich will sagen: Ich weiß im Detail Bescheid, wo welche Dinge stehen und wie sie riechen.
Ein Spezialgebiet von mir ist übrigens mittlerweile die Küche, denn dort stehen unsere Näpfe, und vor allem sind dort auch alle die Köstlichkeiten für uns gelagert.

Die kommen ja immer im Pax-und-Kari-Paket und ich passe genau auf, wohin meine Große sie dann stellt oder legt.
Früher, damals in meinem anderen Leben, gab es halt ein Fressi gegen den Hunger, aber nun wird die Mahlzeit immer zu einem Fest für uns!

Gelernt habe ich auch, Treppen zu laufen wie ein Weltmeister (das habe ich ja schon an anderer Stelle erzählt).

Das ist nicht so selbstverständlich, denn im Tierheim gab es ja keine Stufen. Das können sich vielleicht gar nicht alle vorstellen, die in einem behüteten Zuhause aufgewachsen sind.

Und auch auf der Straße kann ich ruhig laufen, denn Herrli oder Frauli sagen mir ja immer Bescheid, wo wir gehen können oder wo ich aufpassen muss.

Wenn einer von beiden mal sagt „Nein, nein! Da gehen wir nicht lang!", dann kann ich darauf vertrauen. Nur Begegnungen mit fremden Hunden oder Menschen machen mir fast immer Angst.

Ach ja, und ich habe auch gelernt, was andere schon als Kinder lernen dürfen, aber ich offensichtlich nie tun durfte: Spielen!!! Am Anfang war ich da sehr zurückhaltend und skeptisch, die Spielsachen zu berühren – ich wollte bloß nichts falsch machen. Aber nach mehrfachen Ermutigungen habe ich es dann doch gewagt. Huiii – das war ja lustig!

Es war wie ein Wunder, dass ich großer gscheiter Manndi, wie ich immer genannt werde, als Erwachsener noch lernen durfte, unbekümmert zu sein und einfach ohne Ängste und Sorgen zu spielen.

Also habe ich eigentlich alles Wesentliche schon gelernt: Vertrauen und Liebe –, und ich bin schon gespannt auf neue Erfahrungen.

BELLEN SPRICHT DEUTLICH

An meinen ersten Tagen in meinem neuen Zuhause dachten meine beiden wohl, ich hätte gar keine Stimme.

Wufferlapapp! Jaja, ich versteh schon … es gibt ja auch Länder, wo den Tieren die Stimmbänder einfach durchtrennt werden. Nein, ich war schon gesund, aber mir war halt nichts vertraut, alles war neu. Weiß man, an welchen Ort man gekommen ist? Ich wusste es nicht, also habe ich erst einmal vorsichtig die Lage sondiert und abgewartet. Ich habe wohl schon zu viel erlebt, als dass ich ganz fröhlich und unbekümmert auf irgendjemanden zugehen könnte oder wollte.

Zudem kannte ich ja die Gewohnheiten hier überhaupt nicht. Wann und was würde es wo zu fressen geben, ob und wie könnte ich meine Bedürfnisse erledigen, wohin dürfte ich mich wohl bewegen in meinem neuen Zuhause? Huch, so viele Fragen –, alleine die ließen mich schon verstummen.

Na ja, und ich wollte ja auch nicht stören und unangenehm auffallen durch Lautgebung. Am Ende wäre ich noch bestraft worden …

Aber nein – ich konnte genießen lernen! Ich genoss die morgendlichen Begrüßungen, ich genoss die Spaziergänge zu netten Bäumen und Sträuchern, ich genoss die Mahlzeiten, die mir immer exklusiv gereicht wurden, ich genoss meine Spiele und dann auch unsere Spiele. Ja – es war fein hier, und ich hatte es wohl sehr gut getroffen. Eines Tages sprang ich dann aus dem Stand genau in die Mitte des großen Bettes – hei, das war lustig– und ich wurde sogar gelobt. An einem der nächsten Tage haben wir wieder so fröhlich gespielt, ich war begeistert, und … wuff wuuuufff, huii, da habe ich aber gebellt! Und meine beiden Großen waren begeistert!

Inzwischen belle ich ziemlich geläufig, denn ich darf das ja.
Wenn Geräusche im Treppenhaus sind, belle ich. Wenn es klingelt, belle ich. Ich denke halt immer: Welcher Störenfried belästigt uns denn jetzt schon wieder.
Wenn uns auf der Straße irgendjemand bei unseren Geschäften stört, belle ich …

Ich bin doch nicht blöd, die sollen sich halt zurückhalten. Na ja, es gibt auch Leute, die ich schon kenne, aber da belle ich halt erst – ich bin ja hier zu Hause – danach entscheide ich mich eher für Gemütlichkeit, denn die habe ich ja am liebsten.

Wenn Herrli mit Kari Gassi geht, belle ich bisweilen auch. Ich gebe ihr halt noch ein paar Ermahnungen mit auf den Weg: „Lauf langsam, damit du Herrli nicht umreißt", oder „Lass dich nicht mit jedem Dahergelaufenen ein", und vor allem „Schau, dass du alle deine Geschäfte auf der Wiese erledigst". Mein „Kommt bald wieder" belle ich manchmal auch. Aber das ist weniger ernst zu nehmen. Ich freue mich ja schon auf meine „Nur-für-dich-Pax", die ich dann ungestört knabbern kann. So ein Hühnerfilet in Streifen ist ja doch was ganz Feines am Morgen oder Mittag.

Bei ihrer Rückkehr belle ich meine kurze, freundliche Begrüßung und ziehe mich gerne erst mal in die Bibliothek zurück als Manndi von Welt, oder ich überzeuge mich, was die Kleine produziert hat. Bis zu unserem späteren ausgiebigen Spiel schone ich dann erst einmal meine starke Stimme! Aber daaannn!!!

BETTI HEITI

Ich sollte mal so nebenbei erwähnen, dass meine Kleine und ich sehr, sehr gerne sehr, sehr viel schlafen. Wir ruhen nach dem Frühstückchen mit den beiden Großen im Fresszimmer.

Wir schlafen nach unserem anstrengenden, lustigen Spiel im Büro, wir schlafen nach dem Fressi zu Mittag (spätestens nach dem von Herrli und Frauli) im Fresszimmer und dann im Büro, wir schlafen, schlafen, schlafen …

Hei – ist das gemüüüütlich.

Nach dem Gassi gehen und dem leckeren Fressi spielen meine Kleine und ich gerne noch ein wenig, um dann zu schlafen.

Es sei denn, unsere beiden Großen hätten gerade noch von diesem wunderbaren Käse – na klar, da machen wir doch gerne, sehr gerne eine kurze Unterbrechung mit langer, langer Nase.

Das ist dann schon lustig und lecker – „erst für Frauli, dann für Pax und für Kari". Heißa, das ist ja fast wie im Schlaraffenland.

Ich konzentriere mich halt auf das Wesentliche – das muss man schon als mittlerweile Manndi von Welt!

Aber: Nach einem gemütlichen Abend-Büro-Schlaf wird es erst noch richtig fein.

Wenn Herrli dann aufsteht und sagt: „So, kommt, jetzt gehen wir Betti Heiti", na dann aber … im schwuppdiwupp springen wir auf und laufen geschwind ins Schlafzimmer. Es versteht sich, dass ich auf meinen Super-Sonder-Ehrenplatz springe und mir alles gründlich sortiere und zurechtlege. Wo der ist, der Platz?

Na klar, auf dem Kissen von Herrli! Das ist doch für mich wie ein Thron … und für die Kleine ist doch schließlich ganz viel Platz am Fußende oder in der Mitte bei Frauli.

Ich kuschel mich also richtig ein, während Herrli sein Kleidi zur Nacht anzieht, und liege so schon mal gemütlich in Morpheus' Armen.
Herrli wird sich schon zurechtfinden …

Hier fühle ich mich jedenfalls so richtig, richtig wohl und gelassen. Ich schmunzle einfach selig vor mich hin, bis Frauli uns dann eine gute Nacht wünscht.
Jeder bekommt seinen Extrawunsch – ich als letzter, weil ich ja der Erste bin, und mir (nur mir) sagt Frauli dann immer: „Gute Nacht Pax, schlaf schön, ich hab dich ganz, ganz lieb", und gibt mir einen Kuss, den ich gerne erwidere.

Noch ein ganz wohliger, ganz tiefer Seufzer …
Herrli schläft dann meistens schon, und die Kleine schnarcht wie eine Große. Haaach – so kann ich mich ganz gelöst und heiter in mein Traumland begeben. Betti Heiti ist was Feines, gaaanz Feines!!!

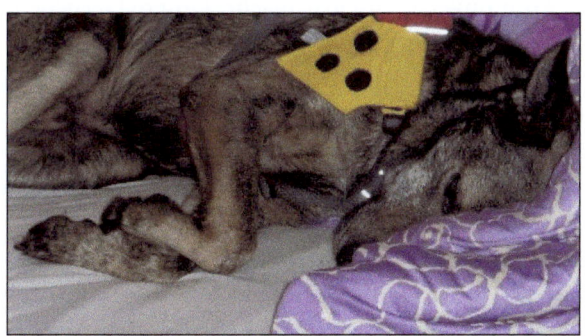

BLINDE SEHEN!

Dass wir uns recht verstehen: Ja, ich bin blind und ja, Kari ist auch blind. Ich bin blind, weil mich irgendwer in den Kopf geschossen hat, und die Kleine ist langsam erblindet nach einer Krankheit an der Leber.

Aber, und da kann ich nur für mich reden, es gibt hier keine Schwierigkeiten für uns. Falsch: Ich kann schon für uns beide reden, denn ich weiß ja aus Erfahrung, wie die Kleine bei uns zu Hause herumwirbelt, wenn das kindliche Temperament mit ihr durchgeht ...

Soll ich euch was verraten? Ich weiß ganz genau, wie meine (na ja – bitte sehr: **unsere**) Großen aussehen.

Also, allein schon am Geruch würde ich sie unter Tausenden wiedererkennen. Jedes Lebewesen hat ja seinen persönlichen Duft, der ihn unverwechselbar macht. Unsere Gerüche harmonieren offenbar, denn wir passen eindeutig zusammen.

Natürlich mache ich mich jeden Tag erneut vertraut, denn sie könnten ja auch die Kleidung gewechselt haben. So bin ich immer am Puls der Zeit!

Im Übrigen sagen ihre Stimmen und Stimmfärbungen viel, viel, viel mehr aus als das, was Augen wahrnehmen können.

Ein Mensch kann lächeln, aber seine Stimme verrät möglicherweise schon, dass er im nächsten Moment gefährlich werden könnte. Da habe ich wohl so meine Erfahrung(en), ich weiß es nicht – nicht mehr ...

Jedenfalls sind meine/unsere beiden für mich sehr, sehr, sehr schön und gut. Man sieht ja wirklich nur mit dem Herzen gut. Der Klang ihrer Stimmen gibt mir Liebe, Geborgenheit und Schutz vor der tosenden Welt.

Ich bin blind? Jaja – stimmt schon. Aber soll ich jemandem sagen, wo wie was in der Wohnung steht? Pah – ihr würdet euch wundern. Ich kenne jede einzelne Ecke unserer Wohnung, da ich mich als gscheiter Manndi natürlich bestens informiert habe. Auch kenne ich die Stellen, wo ich nicht wild sein sollte, weil etwas brechen könnte. Außerdem weiß jeder, dass ich ohnehin ein ganz Behutsamer bin. Man hat ja so seinen Ruf im Lauf der Monate … Ich scheppere doch nicht mutwillig den Ort kaputt, an dem ich daheim bin!

Nein, nein, ich bewege mich ganz geschmeidig und behutsam um jede Ecke, jede Kante. Selbst wenn die Kleine und ich spielen – und wir spielen seeehr lebhaft – dann passen wir doch genau auf, wohin wir springen und toben. Da haben wir, glaube ich, einen großen Vorteil allen Sehenden gegenüber, weil unsere Antennen ungleich weiter ausgefahren sind.

Was ich also sagen wollte: Wir sind blind UND wir sehen. Wir sehen mit Ohren und Nase und dem siebten Sinn. Können das Menschen? Können das sehende Vierbeiner?

Letztere nur im Ansatz, und die Menschen haben das wohl fast vergessen – oder es ist ihnen aberzogen worden. Schade, schade, denn ich freue mich über jeden Zweibeiner, mit dem ich sofort auch ohne viele Worte reden kann! Das ist doch viel wichtiger als die Schwemme von Wörtern, die gar nichts aussagen.

Zum Beispiel: Herrli ist unendlich lieb zu mir (so ein Herrli habe ich bestimmt noch nicht erlebt). Frauli ist auch unendlich lieb zu mir, UND sie weiß immer sofort, was ich meine oder brauche.

Dabei hatte sie noch nie einen Hund als Gefährten (nur Wellensittiche), aber einen blinden Mann. Aber, um nicht abzuweichen, wer glaubt, ein Blinder sei nur blind und sehe nichts, der irrt gewaltig.

Meine Kleine, Kari, und ich –, wir sind blind UND wir sehen unsere Welt in allen erdenklich wohlklingenden Farben, ganz besonders bei uns daheim!!!

BLUTIGER SAMSTAG

Der Tag war erst noch ganz normal, friedlich und gemütlich, wie immer. Die üblichen Spaziergänge, bei denen mich nur hier und da lärmende Menschen oder lästige Vierbeiner störten. Aber daran bin ich ja schon irgendwie gewöhnt. Zu Hause fühle ich mich natürlich erheblich wohler, weil hier keine Störung oder Gefahr droht. Als Blinder empfinde ich draußen halt alles erst mal als Gefahr, wenn ich es nicht zuordnen kann als bekannten Geruch oder vertrautes Geräusch.

Am Abend döste ich – wie oft – ganz friedlich so vor mich hin. Ich hörte wohl, dass meine Große im Flur noch etwas säuberte, aber das kenne ich ja.

Aber dann, ganz plötzlich, hörte ich ein lautes „Bumm", Frauli schrie ganz kurz auf und lag am Boden. Herrli war ganz verwirrt und wurde dann hektisch und aufgeregt.

Kari war total besorgt und durcheinander. Sie hätte so gerne geholfen.

Mich klärte niemand auf, wie alles so hektisch war mit einem Mal.

Aber ich hatte verstanden. **Den** Geruch kannte ich irgendwoher.

Ein unheilvoller Geruch – er war überall am Boden … Irgendeine Erinnerung holte mich ein, aber ich konnte sie nicht näher erklären. Ich blieb ganz still, weil ich nicht stören wollte – und weil ich eine fremde und auch bekannte Angst hatte.

Diese Angst machte mir Angst. Herrli lief hin und her und holte Tücher, Frauli lief hin und her – und es roch nach Blut, so viel Blut, massenhaft Blut.

Schließlich telefonierte Herrli, und auf einmal war Frauli weg. Sie hatte sich gar nicht verabschiedet, das tut sie doch sonst immer. Sonderbar!

Ich blieb, wir blieben total verunsichert zurück, und ich konnte mir das ungute Ereignis gar nicht so recht erklären. Bestimmt war ich auch traurig, aber auch das weiß ich gar nicht so genau. Wir gingen dann schließlich schlafen. Ich hatte an dem Abend nicht einmal zum Trost meine „Nur-für-dich-Pax" bekommen, also war alles, aber auch alles total unnormal an diesem Abend.

Na ja – so blieb ich halt liegen und versuchte einfach, zur Ruhe zu kommen.

Später, sehr viel später hörte ich den bekannten Schritt auf der Treppe, und dann den Schlüssel an der Wohnungstüre. Hui – meine Große war wieder da! Sie kam zu Herrli und Kari, um sie zu informieren. Aber dann hat sie sich richtig Zeit für mich genommen, um mich zu beruhigen und mir einen guten Schlaf zu wünschen.

Meine weit, weit aufgerissenen Augen haben meiner Großen wohl alle Not des Abends erzählt, ganze Romane: „Da bist du ja wieder", „du lebst und redest lieb mit mir", „kein Blut mehr". Ich hatte mir ja solche Sorgen gemacht – auch wenn ich das niemals offen zugeben würde. Ich bin da nicht so mitteilsam wie die Kleine.

Schließlich bin ich ja schon ein großer Manndi.
Meine Große hatte alles mutig ausgehalten an diesem Abend und im Krankenhaus – um wieder bei uns zu sein!

Und obwohl ich in der Regel und normalerweise nicht sooo interessiert bin an Liebesbezeugungen und gar Knutschereien, habe ich es an diesem besonderen Abend sehr genossen. Meine Große hat mir wie immer gesagt, dass sie mich sehr, sehr lieb hat. Und auch den Kuss habe ich mit riesiger Erleichterung und mit Freude angenommen.

Nun war meine/unsere Welt wieder in Ordnung. Ich konnte nun ganz ruhig einschlafen, und schon beim Aufwachen war der unheimliche Geruch verschwunden wie weggewischt. Es roch wieder normal und vertraut – das habe ich sehr genossen.

Frauli war zwar sehr schwach, aber zu uns ganz lieb wie immer. Wir mussten keine Angst mehr haben!

DREI MONATE

Wie ich hörte, bin ich nun drei Monate bei meinen beiden – oh ja! Das ist wohl fein!

Draußen auf der lauten Straße mit all den vierrädrigen Knatterbüchsen und den oft sonderbar lärmenden Zweibeinern habe ich oft noch so eine komische Angst.
Die kann ich mir gar nicht erklären, sie ist einfach plötzlich da, und dann zucke ich zusammen und will nach hinten, rechts, links, überall ausweichen.
Wenn aber Frauli oder Herrli sagen: „Damit haben wir gar nichts zu tun, Pax, es ist alles in Ordnung", dann kann ich darauf auch vertrauen und werde gleich ruhiger.
Na ja, so nach und nach auf jeden Fall, denn darauf ist schließlich Verlass!

Herrli ist mittlerweile mein bester Freund, obwohl früher alle wussten, dass ich keine Männer mochte; das muss wahrscheinlich einen Grund gehabt haben …
Ich erinnere mich nicht.
Aber Herrli spricht immer so lieb zu mir und schimpft nie grob (auf ihn höre ich auch … na ja, halt recht oft). Am Nachmittag gehen wir meistens erst in unseren Garten und danach noch spazieren, dann manchmal auch ins Café.
Wenn wir dann zurückkehren, sagt Frauli bisweilen, dass ich so weiß um die Nase bin.
Ist eh klar, ich habe ja so manches erlebt: Autos, sausende Fahrräder, laufende Leute. Bei uns zu Hause komme ich dann aber schnell wieder zur Ruhe.

Und Frauli ist meine beste Freundin, sie ist immer da, wenn ich morgens aufwache und dann manchmal gaaaanz dringende Geschäfte zu erledigen habe.

Schwuppdiwupp ist sie dann schon bereit, fährt mit mir hinunter und geht mit mir wohin mich die Bedürfnisse tragen.

Danach springe ich gerne noch zu Herrli ins Betti (ganz geschickt, denn ich will ihm ja nicht wehtun – Frauli klopft auch auf die mögliche Sprungstelle) und schlafe noch ein wenig.

Tja, und wenn meine beiden Großen dann gemeinsam noch einen Cappuccino trinken, bin ich gerne mit dabei. Das ist gemütlich (ihr wisst?)!

Ich lasse mir dann gerne ein paar Stückchen Pax-Wurst schmecken, mjamm, lecker. Die fressen Frauli und Herrli nicht, die ist ganz alleine für mich. Ihr seht: hier bin ich König ☺!

Mit beiden ist es auch lustig zu spielen – da geht es dann ganz turbulent zu, beide singen und ich springe nach Herzenslust herum (schließlich kenne ich ja jeden Millimeter). Dann lachen wir alle drei und sind anschließend ganz außer Atem – huuch macht das Spaß!!!

Fürs Fressen und Leckerlis ist natürlich Frauli zuständig. Sie denkt auch immer an meine Zeiten.

Aber: Wenn ich schon mal früher was mag oder ein Extra – da bin ich mittlerweile schon mutig geworden:

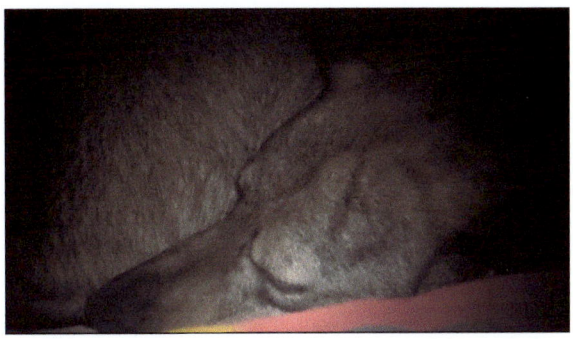

Ich stupse sie einfach am Bein, und schon weiß sie Bescheid! Ich hab es ziemlich total gut, glaube ich. Hier will mir keiner was Böses und wir sind einfach eine Familie. Im Schlaf kann ich mich demzufolge auch immer ganz genüsslich ausstrecken und drehen, wie immer ich will.

Da nehme ich die ganze Länge von meinem Betti ein, manchmal sogar auf dem Rücken, halt so, wie es gerade gemütlich ist. Drei ist eine perfekte Zahl und mein Leben ist „Drei"!

ERWACHSENWERDEN

Wir Erfahrenen wissen es schon: Erwachsen werden ist schwer. Mit einem Mal erscheint alles Gewohnte ganz verändert und neu. Ich merke das in letzter Zeit ziemlich deutlich bei meiner Kleinen.

Sie ist einerseits ganz schön keck, und im nächsten Moment erscheint sie mir ganz scheu. Erst knabbert sie mir eifrig am Öhrchen, gehe ich dann aber auf das Spiel ein, flieht die Kleine schon rasch zu Frauli, um Schutz zu suchen.

Auch beim Fressen gibt es neuerdings andere Gewohnheiten. Kari lässt mich zuerst fressen. Sie wartet in höflichem Abstand und wagt sich nicht an ihren Napf.

Erst wenn ich fertig bin, nähert sie sich vorsichtig.

Dabei hat Frauli doch unsere Näpfe weiter auseinandergerückt, damit wir beide viel Platz haben. So könnten wir uns gar nicht gegenseitig behindern beim Fressen.

An einem Abend lässt sie sich dann erst einmal von Frauli füttern mit der Hand … von der Küchentüre bis zur Stelle, wo ihr Fressnapf steht. So nach und nach … dann frisst sie ganz normal bis zu Ende und schleckt ihren Napf so lange aus, bis er blitzeblank ist. Danach poliert sie noch einmal meinen Napf und noch einmal ihren.

Am nächsten Abend hingegen kann es passieren, dass sie zunächst gar nicht aus ihrem Napf fressen will, sondern immer wieder zu meinem geht.

Also hat Frauli gleich reagiert. An solchen Abenden bekommt die Kleine portionsweise ihr Fressi in meinem Napf serviert und leert ihn hingebungsvoll aus.

Wahrscheinlich spürt sie mich darin und ist deswegen so begeistert!

Wer weiß das schon, was in so jungen Frauen vor sich gehen mag. Damit kenne ich mich natürlich überhaupt nicht aus.

Es ist alles unvorhersehbar geworden.

Mal will die Kleine spielen und flitzt wie ein Wiesel hin und her und her und hin, dann wiederum legt sie sich ganz still und nachdenklich auf unser Sofa im Büro. Da mag sie, genau wie ich, auch nicht so gerne gestört werden. Lasse ich sie halt in Ruhe! Dann muss ich mich auch nicht über die Maßen anstrengen!

Die Kleine ist jedenfalls sehr wissbegierig. Immer und überall rennt sie Frauli nach und lässt sich wirklich jeden Handgriff erklären. Dabei wird sie auch niemals müde, denn schließlich erscheint ihr alles spannend … und wenn es nur die Rumpel-Pumpel-Maschine für die Teller ist oder die Rumpel-Pumpel für die Kleidi.

Wichtig ist ihr auch, dass die Blümchen keinen Durst haben. Da rennt sie auch unermüdlich mit Frauli hin und her durch die ganze Wohnung, bis die Blümchen nicht mehr durstig sind. An-

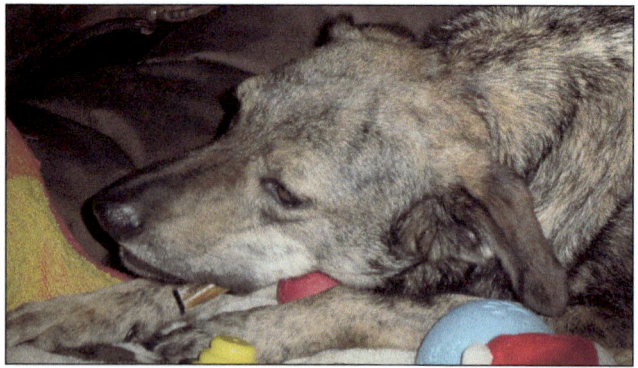

schließend gibt es für uns noch leckeres, frisches Wassi in unseren Trinknapf auf dem Balkon.

Da bedient sich unsere Kleine natürlich auch sofort, denn Arbeit macht Durst.

Mir gegenüber ist sie oft sehr verhalten, zurückhaltend, ausweichend. Wahrscheinlich hat sie nun gemerkt, dass ich ja schon ein großer, schöner und gscheiter Manndi bin, und das flößt ihr Respekt ein. Nun, wir werden sehen, wie sich die Dinge entwickeln. Fest steht jedenfalls, dass wir alle zusammengehören. Und so muss sich die Kleine auch nicht fürchten, langsam und allmählich erwachsen zu werden. Dabei helfen wir ihr schon – großes Pax-Ehrenwort!

FESTSPIELE ODER FEST

Unsere Stadt ist spürbar unruhiger geworden, und es sind mehr Menschen unterwegs – zu Fuß, mit Treträdern, Knatterbüchsen oder Autos. Das ist mir nicht so angenehm, aber Kari freut sich über den Wirbel (sie ist halt noch kleiner und an **allem** interessiert). Ich habe ganz andere Interessen und bin halt geschäftlich unterwegs.

Apropos: Ich bin seit einiger Zeit ganz stolz und sehr elegant.
   Wisst ihr noch, dass Herrli mich trotz aller Liebe als „unverschämt dick" bezeichnet hatte?

Mein Frauli hatte dem natürlich energisch widersprochen … wir verstehen uns halt besonders gut. Und siehe da – Überraschung! Sie hatte mir ein neues Kleidi besorgt (extra für mich!), das wunderbar bequem ist und mich noch schöner macht.
   Ein neues Fressi gibt es nun auch und eine neue Medizin; in meinem Alter achtet Manndi halt auch auf die Figur.

Kari ist jung und schlank. Sie hat einen ganz neuen Blinkie bekommen zum Ausgehen und frisst das leckere Futter wie vorher. So ist sie nicht traurig, sondern fühlt sich auch ganz besonders fein. Wir müssen wohl beide ganz einzigartig sein und geliebt von unseren Großen! Das tut richtig gut und gibt uns Vertrauen!
   Wenn wir ausgehen oder zur Frau Doktor beschützt uns Herrli, egal, was die Frau Doktor machen muss. Manchmal bekomme ich halt eine Spritze, aber das ist nicht so schlimm.

Die Kekse fresse ich dort nicht. Nur die Kleine greift gleich freudig zu – na klar, sie freut sich halt immer über etwas Neues, Besonderes.

Fest, jaja – zurzeit sind viele fremde Leute in unserer Stadt. Das liebe ich nicht so sehr. Sie brausen durch unsere ruhigen Straßen, sodass ich oft recht aufgeregt bin. Man weiß ja nicht: Sind sie gut? Sind sie böse? Da ich ja so ein eleganter großer Manndi bin, belle ich schon mal vorsorglich:

„Ihr da, ich bin groß und in Begleitung! Ärgert uns nicht!

Am liebsten bin ich zu Hause. Da ist für mich jeder Moment ein Fest! Hier gibt es wunderbares Fressi, das Frauli vorbereitet. Und es gibt immer etwas Leckeres zum Knabbern.

Hier ist meistens Ruhe, und wenn uns jemand stört, kläre ich sofort auf, dass ich der Hausherr bin!

Ich würde natürlich niemanden beißen, bin ich doch heilfroh, selber nicht gebissen zu werden.

FIEBER

Sonderbar, wirklich sonderbar …

Neulich kam mir die Welt ganz verändert vor. Ich kann es mir selber und auch euch gar nicht erklären, was da vor sich ging. Nach dem üblichen Morgengang in Sachen Erkundung und Geschäftliches hatten wir wie immer unser gemütliches Frühstückchen. Danach stand mir der Sinn aber gar nicht nach Spielen. Also habe ich es mir einfach mal ganz gemütlich gemacht.

Kari war wohl ein wenig enttäuscht, aber ich konnte daran nichts ändern, und sie lenkte sich ab durch Dauerknabbern.

Oder sie ging mit Frauli auf den Balkon. Da geben die beiden dann den Blümchen zu trinken; denn die haben auch Durst. Durst, ja, den hatte ich auch, aber nicht allzu viel.

Ich war mehr daran interessiert, zu schlafen, einfach zu schlafen. Im Büro war ich glücklicherweise nicht alleine, aber ich hatte dennoch meine Ruhe.

Später dann hörte ich wohl den Gong und den vertrauten Ruf zu einem sicher leckeren Fressi. Aber ich war ja sooo müde. Frauli kam nach einer Weile dann ins Büro, um Kari und mich noch extra einzuladen. Hmm … ich werde gerne extra noch eingeladen. Dann weiß ich immer, dass ich wohl ein ganz Besonderer bin, und ich fühle mich gerne als ein ganz Besonderer.

Gut, gut – also spazierten wir drei zur Küche. Und … mit einem Mal erkannte ich die Küche gar nicht mehr. Mir wurde unheimlich, und ich zuckte zurück. Ganz langsam legte ich also den Rückwärtsgang ein: ein Schrittchen zurück, dann noch ein Schrittchen und noch eins.

Huch, endlich hatte ich wieder sicheren Boden unter meinen Pfoten!!! Frauli war auch ganz bestürzt über diese völlig neue Angst bei mir. Angst??? Panik!!! Keinen Schritt hätte ich mehr vorwärts gemacht. Gar nicht dran zu denken!

Frauli hat mich dann erst mal das Fressi aus ihrer Hand probieren lassen. Mmmh – das war schon lecker. Aber in die Küche wollte ich nicht, auf keinen Fall, das war mir zu unheimlich. Einen Bissen aus der Hand, noch einen Bissen aus der Hand ... Mmmh – auf der Schwelle zur Küche habe ich dann alles, alles gefressen und genossen. Frauli hat mir sogar den Napf festgehalten. Das war mir dann schon ein echter Luxus!

Am Abend verlief alles genauso wie am Mittag. Ach, habe ich mich schwach gefühlt! Und „Hatschi" musste ich auch des Öfteren machen.
Mein Kopf wurde heiß, und meine Nase war eher trocken. Mein Hals war an den Seiten ein wenig geschwollen. Frauli hat mir meinen schönen weichen Schal gleich übergezogen.

Herrli ging dann auch am nächsten Morgen gleich mit mir zur Frau Doktor. Grummel, grummel – mir wurde so ein lästiges Gerät ins Maul geschoben, damit sie sehen konnte, ob mein Hals gerötet wäre. Es hat nur kurz gedauert, und so war ich froh.

Eine Spritze habe ich bekommen, das war gar nicht schlimm. Und Medizin gab es auch noch zum Mitnehmen. Warum die Frau Doktor meine Krallen geschnitten hat, weiß ich nicht – die hatten doch nichts zu tun mit meinem entzündeten Hals. Aber fein war es trotzdem, und ich laufe jetzt viel eleganter noch als vorher, weil ich mich viel eleganter fühle.

Alles was recht ist: nach dieser Spritze fing ich an, mich wieder etwas wohler zu fühlen.

Schonung war trotzdem für mich notwendig, und so habe ich zu Hause gleich wieder geschlafen wie ein Baby. Hier darf ich mich auch mal schwach fühlen, denn ich muss ja nichts beweisen. Nach und nach wurde mir auch die Küche schon wieder vertrauter, auch wenn ich gerne im Fresszimmer meine Mahlzeiten einnehme.

Meine Großen fressen ja auch nicht in der Küche.

FREUNDE

Freunde? Nein, nein, die habe ich nicht wirklich gesucht oder gefunden in meinem neuen und richtigen Zuhause. Klar, meine beiden Großen sind meine richtig wirklichen Freunde und auch mein kleines Krokodil, aber die Kleine war ja schon immer meine Gefährtin. Ansonsten bin ich da eher skeptisch und tu bei Begegnungen einfach so, als wäre ich nicht da. Wer keinen Kontakt macht, riskiert nichts, ist keinen Angriffen ausgesetzt und hat seine Ruhe.

Nur im Nachbarhaus war ein netter Vierbeiner. Im Vorbeigehen habe ich auch immer geschnuppert, ob er da ist. Das mache ich nicht mehr so sehr, weil Kari schon mit ihm angebandelt hat, wie es scheint. Das habe ich ihr auch gleich gesagt, dass man nicht gleich mit jedem Dahergelaufenen kokettieren muss. Sie soll sich lieber für mich ihre Energien aufsparen, das ist besser und verlässlicher, denn wir sind ja eine Familie, gell?

Aber sowieso – fragt mich warum, ich weiß es nicht, muss mit Verletzungen aus (m)einem früheren Leben zusammenhängen –, wie ich sagte: Aber sowieso bin ich äußerst skeptisch bei allen neuen oder auch bekannten Vierbeinern oder Zweibeinern. Selbst bei den Leuten aus dem Haus ergeht es mir gar nicht anders. Zu meiner Sicherheit belle ich sie erst mal an oder aus, damit sie wissen, was für ein Manndi ich bin. Dann erstarre ich eher (selbst wenn ich dringend raus müsste), bewege mich keinen Millimeter weiter. Oh, ich kann laaange so stehen, wenn Frauli mich nicht sanft anhebt und zum Weitergehen ermuntert.

Na, dann aber … wie ein Wirbelwind kann ich weitergehen, je nach Dringlichkeit der Geschäfte. Aber manchmal fahren Vierrädrige so unvermutet schnell vorbei, dann wieder Zweirädrige. Oder gar, es kommen uns Zweibeiner so ganz unvermutet und lästig über den Weg. Dann bleibe ich auch wieder stehen auf dem Bürgersteig bis sich alles wieder normalisiert hat. Passanten freuen sich dann immer, dass ich so ein Braver bin … Wenn die wüssten, wie froh ich bin, wenn sie vorbei sind!

Gut, gut, freundliche Begrüßungen durch Zweibeiner nehme ich schon wahr; aber ich traue keinem Fremden so richtig, dass ich auf ihn ungezwungen aktiv zuginge, wie das Kari in ihrem kindlichen Übermut macht. Ich bin da eher zurückhaltend mit jeglicher Sympathiebekundung … selbst bei uns daheim. Offensichtlich ist es mir früher nicht gut bekommen, mich offen und liebevoll interessiert zu zeigen … hmmm … weiß nicht.

Also: Freunde habe ich daheim in meinen vier geschützten Wänden. Vielleicht werde ich irgendwann auch mal draußen welche finden?!? Vielleicht … Ich lerne ja immer dazu – Frauli hat mir auch schon gezeigt, wie man spielen kann – aber das ist ein anderes Thema!

GASTGEBER

Wer sagt denn, dass blinde Hunde keine Gastgeber sein können? Pah, weit gefehlt!

Na also – kurz gesagt, denn schließlich bin ich ja kein Manndi großer Worte und langer Sätze, die dann doch nur langweilen könnten, wenn man nicht endlich die Sache auf den Punkt zu bringen vermag –, puh, kurz gesagt:

Kürzlich hatte ich Besuch, oh ja, ICH, und zwar Damenbesuch.

Tja, da staunt ihr, gell? Zwei Damen waren es sogar – eine zweibeinige Freundin und eine etwa mir gleichaltrige Vierbeinerin.

Beide kannte ich schon aus Chania auf Kreta, hatte sie aber laaange schon nicht mehr gesehen.

Na, **lange** stimmt nicht so ganz (vier Monate bin ich in meinem schönen neuen Zuhause) ... und die Sache mit dem Sehen, na, ihr wisst ja.

Als es klingelte, habe ich erst mal gebellt, damit Frauli und Herrli auch wussten, dass da etwas ist. Was, das konnte ich noch nicht sagen, aber ich muss ja schließlich vorwarnen, damit sie Bescheid wissen.

Als die beiden Damen die Treppe zu uns heraufkamen, habe ich nochmals kräftig, kräääftig gebellt. Zum einen zur Begrüßung, und zweitens wollte ich auch gleich klarstellen: Hallo, hier bin ich der Hausherr!.

Na, die waren aber beide so lieb, dass ich dann ganz rasch wieder zur Ruhe gekommen bin. Ich habe ihnen die Wohnung gezeigt und mich dann ganz gemütlich im Wohnzimmer auf meinen Teppichplatz gelegt.

Na klar, Lucy hat auch gleich ihre Pfote vertrauensvoll zu meiner gelegt, obwohl gerade ihr natürlich einer der berühmten Pax-Kekse noch lieber gewesen wäre.

Als wir dann ins Fresszimmer gingen, hat Frauli uns beiden einen Schnack angeboten, den die Kleine natürlich sofort verschnuckelt hat. Klar, ich wollte mir meinen noch für später aufheben, aber sie schnappte schon fast danach. Wenn Frauli ihr nicht Einhalt geboten hätte …
Mir war das eigentlich wurscht, denn ich bekomme zu Hause ohnehin alles. Außerdem wollte ich als Gastgeber auch nicht unhöflich sein.

Nachdem ich meinen Besuch verabschiedet hatte, gingen wir auch wieder in unser derzeitiges Heim, und der übliche Frieden kehrte wieder ein.
Aber schön war es doch, das können wir gerne bald mal wieder planen!

GEBURTSTAG

Ja, schon, ich bin wohl geboren worden. Aber wann das genau war, könnte ich gar nicht sagen, und meine beiden Großen können das auch nicht wissen. Gestorben **worden** wäre ich ja auch eigentlich vor langer Zeit – nun gut, aber das ist ein ganz anderes Thema und jetzt überhaupt und gar nicht wichtig. Schließlich geht es mir ja hier um etwas Feierliches.

Geboren also, gut, gut. Meine beiden haben also den Tag meiner Ankunft vor einem Jahr hier als meinen Eee-uuutz-aaag auserkoren! Ich habe das Wort nicht genau verstanden, aber es klang jedenfalls sehr gut!!! Jetzt würde er also zum ersten Mal stattfinden. Mein erster Eee-uuutz-aaag.

Das erscholl in meinen sensiblen Öhrchen als etwas sehr Positives, Spannendes, Erlebnisreiches – und es galt **nur mir alleine** zur Ehre!

Meine Große und ich waren ohnehin schon geschäftlich zurück, also habe ich mich doch gleich in freudiger Erwartung in Positur gesetzt! Ein Manndi von Welt muss tun, was Manndi tun muss! Ja, heißa!

Also: Zum Frühstück von meinen beiden Großen gab es erst einmal meine leckere Medizin (die schmeckt immer nach Leberwurst), dann aber: MEINE Pax-Wurst für die Kleine und mich, das war schon mal sehr fein, mmmh, sehr lecker. Dann gab es sogar noch zwei Pax-und-Kari-Kekse. Hei, Spannung, ich wurde zum freudigen Fragezeichen, denn schließlich wusste ich doch genau, dass da noch etwas in der Luft lag.

Zu Recht, denn was da beim Tisch noch knisterte waren eindeutig nicht meine „Nur-für-dich-Pax"-Streifen, sondern eher etwas Unbekanntes. Die Tasche hatte ich schon gehört, aber der Inhalt klang doch ganz anders. Tätäärääätäääää – Herrli und Frauli sprachen gleichzeitig wieder meinen Eee-uuutz-aaag an, und nun fühlte ich mich schon ganz wichtig, saß kerzengerade und wartete auf alle Streicheleinheiten und Knutschies … oh oh, aber da gab es sogar noch etwas.

Hui, das war fein: Ich erhielt zu meinem Eee-uuutz-aaag ein Pax-Puppi (ein Bärli wohl), und die Kleine sollte auch nicht enttäuscht werden.

So war dann die Kleine selig mit ihrem Quietsche-Ball und ich mit meinem ganz neuen, ganz eigenen Pax-Puppi, das ich natürlich auch gegen Übergriffe zu verteidigen wusste.

Frauli sagte später, ich hätte gestrahlt wie ein Honigkuchen-Pferdchen … kenne ich nicht … mag aber schon sein, denn mir war die ganze Zeit so nach zufriedenem Strahlen zumute. Ich war wer ganz Besonderes, den ganzen Tag lang–, ich war Pax, das Eee-uuutz-aaags-Kind. Das hat mir auch für die nächsten Tage wieder Mut gegeben und mein Selbstbewusstsein gestärkt.

Wahrscheinlich bin ich ja immer was Besonderes, meine Beiden bestärken mich ohnehin darin. Aber manches Mal bin ich halt trotzdem verzagt und weiß nicht recht, wie mir geschieht. An meinem Eee-uuutz-aaag war ich jedenfalls fröhlich und munter.

Wann mag denn wohl mein nächster sein?

Herrli und Frauli haben schon angedeutet, dass erst einmal im Mai Karis Eee-uuutz-aaag sein wird.

Das wird auch fein, denn sie ist ja meine Kleine. Und klar:

Wenn sie vielleicht ein Puppi bekommt, erhalte ich ja auch einen Ausgleich.

Vielleicht haben unsere Großen ja auch mal Eee-uuutz-aaag?

GEDUCKT

Ich weiß es nicht, ich weiß es nicht – hier in meiner Familie bin ich doch eigentlich und ganz klar und eindeutig der Pax-Rex! Also habe ich keinen Grund, mich zu fürchten oder gar zu verstecken, nein, nein.

Und doch: Schon wenn es ins Treppenhaus geht (in dem ich ja eigentlich total vertraut bin, und wo ich die Stufen ganz elegant und geläufig bewältige), packt mich manchmal ein Zaudern, wie ein innerer Frost, der mich ganz steif werden lässt. Da hilft kein Streicheln, kein liebes Zureden, nichts. Erst wenn meine Große mich lieb, aber entschlossen ein paar Stufen hinunterträgt, erst dann löst sich meine Blockade.

Huch, aber dann – dann kommt ja die Straße. Oje, oje. Kein: „Alles in Ordnung, Pax" dieser Welt kann mich in solchen Fällen beruhigen. Ich gehe erst einmal gaaanz laaangsam, richte mich lieber nicht wirklich auf, weil man ja nicht weiß, ob irgendwo irgendwas lauert.

Da muss meiner einer auf der Hut sein! Bloß nicht aufrichten, immer schön in Bodennähe bleiben, denn wenn man fällt, dann fällt man nicht tief. Weiß ich, ob mich am nächsten Haus jemand schlagen oder treten will?

Ich bleibe lieber erst einmal in Verteidigungshaltung, schön geduckt, denn wer geduckt ist, bekommt nicht so viel ab. Na klar: Es wird nichts passieren, und – na klar – würde mich Frauli verteidigen mit allen ihren Kräften im Notfall.

Aber, Beruhigung oder nicht, ich schleiche erst einmal ganz geduckt weiter. Geduckt vorbei am Eingang des Nachbarhauses, geduckt vorbei an den unheimlichen Pfützen, geduckt auch um die Ecke, bis mich unsere Wiese lockt. Noch kurz an den schlafenden Autos vorbeischleichen und dann, schwupp, rauf auf unsere Wiese.

Die habe ich ja markiert, das ist meine Wiese, oh ja!
Das ist die kleine Wiese direkt vor meinem sozusagen Fast-Freund. Er sucht ja eigentlich immer sehr freundlich den Kontakt zu mir, aber, bitteschön, ich habe doch andere Dinge zu erledigen. Da ist für einen netten Kontakt nicht der richtige Zeitpunkt gegeben.

Wenn Frauli nach meiner Heldentat dann vorschlägt, dass wir heimgehen zu Herrli und Kari, nehme ich den Vorschlag doch sehr gerne an, ducke mich und schleiche von Auto zu Auto bis zur Ecke.

Geduckt pirsche ich mich vor bis zur Tür unseres Nachbarhauses, und geduckt robbe ich bis zu unserer Haustüre. Puh – geschafft. Ich muss nicht erwähnen, dass ich dann heilfroh bin über die dann aufgeschlossene Haustüre, über unsere Treppe und über unseren Eingang?!

Aaah – hier bin ich wieder sicher, hier bin ich der große, gscheite Manndi …

GESCHÄFTLICH UNTERWEGS

Mit meinen Zeiten bin ich relativ flexibel logisch, denn Menschen gehen ja auch nicht ins Bad auf Bestellung. So gönne ich mir morgens manchmal noch ein wenig Ruhe im kuscheligen Betti und träume noch ein wenig vor mich hin.

Ich weiß ja: Wenn ich dann wirklich einmal dringend muss, dann ist meine Große schon bereit und wartet auf mich. Das ist beruhigend, denn wir waren auch schon öfter vor fünf Uhr morgens unterwegs, als ich ein dringendes Anliegen hatte.

Also, eines muss ich doch einmal ganz klar sagen: Ich bin zwar ein prinzipiell und überhaupt durchaus soziales Wesen. Aber – wenn ich mit eindeutigen geschäftlichen Anliegen unterwegs bin, sei es morgens und abends mit Frauli oder mittags mit Herrli, dann kenne ich keine Kompromisse.

Dann bin ich überhaupt und sowas von gar nicht an gesellschaftlichem Smalltalk interessiert und sage das auch ganz unverblümt jedem. Das muss man bitteschön doch auch wohl verstehen.

Wie oft ist es zum Beispiel schon passiert, dass diese kleine – freilaufende – Dalmatinerin mich gerade in solchen Situationen anbaggern wollte (na klar, ich bin ja auch ein fescher Manndi). Na, die habe ich dann vielleicht ausgebellt: „Du kleiner Krümel, siehst du denn nicht, dass ich geschäftlich unterwegs bin??? Mach dich vom Acker, ich habe jetzt keine Zeit". Sie zieht dann auch immer ganz kleinlaut ab.

Ich ziehe dann auch in alle Himmelsrichtungen, es sei senn ich höre von meinen Großen, dass da mal wieder ein Auto kommt oder ein Fahrrad. Nun gut, dann halte ich halt ein, wenn es sich eben nicht vermeiden lässt. Da kann man nichts machen. Diese Autos und Fahrräder kann man ja schließlich leider nicht vermeiden.

Wie schön wäre doch eine leere Straße. Das wäre für mich der Himmel auf meiner Hundeerde.

Nun gut. Nach einer Weile – manchmal einer langen Weile – finde ich dann auch die Stellen, die mir halt angenehm sind. Ich bin da schon wählerisch, schließlich kann man ja nicht irgendwas irgendwo hin machen. Das mögen wohl andere tun, aber ich gewiss nicht. Ich bin ja ein gepflegter Manndi von Welt. Also wähle ich mir, bei aller Dringlichkeit, sehr bedacht meine Arbeitsplätze aus.

Schließlich muss man ja auch erst mal kontrollieren, wer sich da sonst noch rumgetrieben hat. Es gibt ein paar Stellen, von denen ich sofort zurückweiche … die sind mir dann nicht ganz geheuer (man weiß ja nie, ob der oder die noch in der Nähe ist). Nein', meine privaten Plätze suche ich mir schon ganz gezielt aus.

Frauli weiß das auch besonders gut, und sie lässt mich dann wählen. Okay, manchmal ziehe ich dann auch schon ein wenig an,

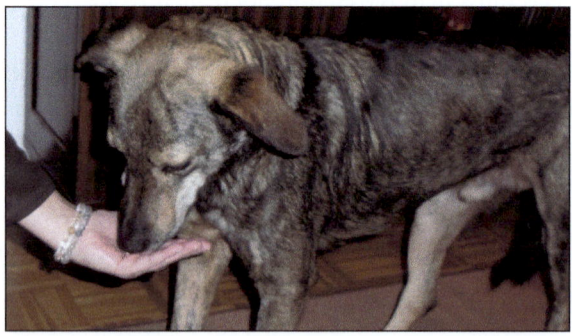

aber ich weiß ja, wohin ich will und muss. Mein Revier kenne ich ja gut!

Wenn ich dann alles erledigt habe, bin ich sehr erleichtert und zufrieden – und freue mich auf ein Frühstückchen.

Ich werde dann auch immer sehr gelobt „Das hast du ganz fein gemacht!!!“ Nur eines möchte ich doch zu gerne mal wissen: Nach diesem begeisterten Lob kommt sofort immer: „Moment Pax, da müssen wir saubermachen“. Grübel, grübel – wenn es doch so fein war, könnten wir es doch so lassen …

Vielleicht freut sich doch auch der nächste Vorbeikommende genauso darüber! Menschen sind schon manchmal wunderlich!

GRUNDSÄTZLICH

Da, wo ich herkomme, wollen die Leute eigentlich keine vierbeinigen Freunde. Wir sind bestenfalls nützlich zur Bewachung, oder zur Jagd oder sowas. Wenn wir untauglich sind – aus welchem Grund auch immer – werden wir abgeschafft auf die eine oder die andere Art.

Kari, die kleine Bracke (also Jagdhündin), hatte eine Krankheit, durch die sie langsam blind wurde. Untauglich, abgeschafft! Ich aber hatte mehr als zwanzig Schrotkugeln im Kopf, als ich gefunden wurde. Abgeschafft, aus welchem Grund auch immer …

Wir hatten dann eine fürsorgliche Unterkunft – wir, mehrere Hundert Vierbeiner, und wir waren in unterschiedlichen Gruppen untergebracht. Na, da konnten unsere Leidensgenossen aber mitunter sehr ungemütlich werden, die hatten ja alle auch alles Unmögliche erlebt.

Dass wir als Blinde gemobbt wurden, versteht sich von selbst. Uuiii – Das war nicht schön, und unsere Retterin konnte ja auch nicht rund um die Uhr ihre Augen ausgerechnet und ausschließlich auf uns halten.

Ihr werdet verstehen, dass wir da kein wirkliches Vertrauen aufbauen konnten zu unseren Artgenossen und – mit Ausnahme von Costoula und lieben Besucherinnen – auch nicht wirklich zu Zweibeinern. Wir haben halt schon viel, sehr viel erlebt in unserem kurzen Leben. Na, gar so kurz war es für mich nicht, denn ich war ja schon vor der Kleinen im Tierheim. Das hat mich gelehrt, erst einmal und überhaupt erst mal niemandem zu vertrauen.

Um durchzukommen, musste ich so selbständig wie möglich werden. Im Zweifelsfall habe ich mich dann schlafen gelegt, denn Kämpfe passen nicht zu mir.

Ich bin am liebsten friedlich und ganz ruhig. Rückzug statt Angriff ist meine Philosophie! Wenn's mir dann gar zu blöd wird, dann starte ich einfach mein kräftiges Bellen – aber sooo kräftig, dass alle gleich stumm werden. Das hat sich über die letzten Jahre bewährt. Wie viele Jahre das waren, kann ich nicht sagen, aber mir kommt vor, es war schon ziemlich lange, denn einen blinden Hund wie mich wollte halt niemand aufnehmen.

Ich hatte ja auch keine Erziehung als Kleiner, meine Sozialisierungsphase fiel wohl den Schüssen in den Kopf zum Opfer.

Und ich habe nie gelernt, mit anderen zu spielen, die mir nichts Böses tun wollten.

Klar, meine beiden Großen müssen schon viel, viel, ganz viel Geduld mit mir haben. Die haben sie auch, weil sie mich richtig lieb haben – das habe ich genau verstanden! So folge ich sogar manchmal ihrem Wort und werde auch manchmal schon ruhiger. Hier sind ja keine Gefahren mehr. Nur holt mich halt oft die Prägung aus der Vergangenheit ein …

Gewiss werde ich nicht lernen, Pfötchen zu geben oder andere kokett zu umtanzen – wozu auch!? Aber auf jeden Fall bin ich verlässlich auf meine Art.

Meine beiden Großen wissen das auch, dass sie mir und auch meiner Menschenkenntnis absolut vertrauen können. Oft werde ich dann nervös und belle gleich los. Aber schaut: Kürzlich ging ein junger Mann ganz dicht an mir vorbei, es war kaum eine Handspanne Abstand zwischen uns. Ich spürte gleich: „Der ist in Ordnung", und ließ ihn, ganz entspannt, vorbeigehen.

Solche Momente der Gelassenheit gibt es mittlerweile auch für mich – und natürlich für meine Lieben. Wenn ich dann zu Hause liege, so ganz locker und gelöst wie ein kleines Kind, dann

wünsche ich mir mein ganzes Hundeleben angefüllt und erfüllt mit solchen Augenblicken! Das ist für mich dann ein pu-
res Märchenland!

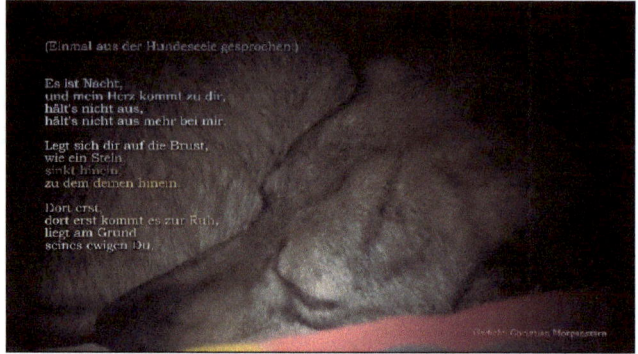

(Einmal aus der Hundeseele gesprochen:)

Es ist Nacht,
und mein Herz kommt zu dir,
hält's nicht aus,
hält's nicht aus mehr bei mir.

Legt sich dir auf die Brust,
wie ein Stein,
sinkt hinein
zu dem deinen hinein.

Dort erst,
dort erst kommt es zur Ruh,
liegt am Grund
seines ewigen Du.

Gedicht: Christian Morgenstern

ICH BIN WER

Jaja, ich bin wer – aber wer bin ich denn? Seit die kleine Kröte da ist … na ja … da ist schon Herrlis Aufmerksamkeit ein wenig zurückgegangen, scheint mir. Oder? Vielleicht täusche ich mich da auch, aber ich mache im Moment täglich die Probe aufs Exempel. Es ist ja so – das muss ich erklären – dass ich seit meiner Ankunft in meinem Zuhause hier IMMER morgens mit Frauli schwuppdiwupp Gassi ging, mittags bei Bedarf auch noch zwischendurch. Nachmittags gingen wir dann entweder zu dritt oder wir Männer zu zweit, das war auch fein. Und abends gingen meine Große und ich noch einmal vorsorglich spazieren.

Probe, sagte ich – ja!
Also: Frauli ist morgens ohnehin schon wach und meistens fertig. Wir kennen beide mein Anliegen, bereiten uns flugs vor und gehen vor die Türe. Da schnuppere ich mich schon mal in den Tag hinein … und bleibe stehen auf dem Treppenabsatz. Kein noch so liebes Wort kann mich zum Weitergehen bewegen. Ich lege mich und verharre dort, hart wie ein Stein. Anfangs hat Frauli mich dann aufgehoben und die ersten Stufen hinunter-„begleitet", ganz sanft aber stark. Wenn mein Anliegen dann auch sooo dringend war, habe ich halt mitgespielt.

Mittlerweile macht meine Große das nicht mehr so, bietet mir auch keine Hühnerfilet-Streifen mehr zur Überzeugung an. Sie hat schon verstanden, worauf ich eigentlich hinauswollte!
Herrli soll sich bitte, bitte auch mal um MICH bemühen!!!
Sobald Herrli dann mit uns beiden gemeinsam hinausgeht, huch – da kann ich wieder laufen … und wie. Dann flitze ich wieder

Frauli öffnet mir die Haustüre und im husch und hui sind wir schon draußen. Da brauche ich Herrli überhaupt gar nicht mehr – er hat ja schon bewiesen, dass ICH auch wichtig für ihn bin, darauf kam es mir doch an!

Wenn meine Große und ich nach der Arbeit wieder heimkehren, kann Herrli von mir aus gerne halt mit Kari Gassi gehen. Da mache ich keinerlei Aufstand wie früher. Erstens kommen sie sowieso wieder, und zweitens will ich ja auch in Ruhe mein „Nur-für-dich-Pax"-Frühstückchen ohne störende Unterbrechungen genießen. Ich bin ja wer – in diesem Fall der Genießer. Hach, so ein Streifen vom getrockneten Hühnerfilet ist schon eine Köstlichkeit, die knabbere ich liebend gerne!

Ich bin wohl darauf bedacht, mir meine Privilegien zu schaffen hier und da. Das habe ich auch Kari schon klargemacht. Neulich blieb sie brav an der Küchentüre sitzen, während ich mich genüsslich meinem Napf widmete.

Erst auf wiederholte Einladung von Frauli wagte sie sich heran zu ihrem Napf. Dieses Machtspielchen habe ich natürlich nicht fortgesetzt, schließlich bin ich ja ein Feiner und Gscheiter und Friedlicher!

Den letzten Quietschi-Knochen habe ich der Kleinen verräumt – das ewige Gequietsche ging mir schon auf die Nerven. Keiner findet den mehr, nicht mal Frauli (und die findet eigentlich alles).

Wenn ich mal meine Ruhe haben will, dann will ich meine Ruhe haben, und nichts soll mich dann stören, vor allem nicht so penetrante Lautbildungen. Da bin ich schon eigensinnig. Ich sehe zwar nichts, aber ich höre natürlich extrem gut … auch jede Variante der Stimmen … das könnt ihr wohl glauben.

Ich bin wer – ja, das ist wahr. Ich bin Pax, der Liebesbedürftige, der Genießer, der Feine, der Selbstbewußte (jedenfalls zu Hause) und der Ruhige (außer wenn ich belle, weil irgendein Lästian meine Ruhe und meinen Frieden stört).

Ich bin Pax – und gäbe es mich noch nicht, dann müsste ich erfunden werden, wie ich hier bei uns hörte!

IN DER FRÜH

Wenn wir früh morgens geschäftlich unterwegs sind, meine Große und ich, ist die Luft oft noch ganz dunkel und schwer, aber das ist dann ganz angenehm. Nach den Stufen bleibe ich gerne noch eine kleine Weile stehen und atme genussvoll die Luft. Auf den Straßen ist es dann ganz ruhig (Frauli sagt: „Alle schlafen noch"), aber die Vogelgesellschaft ist schon ganz munter. Was die Menschen zwitschern nennen (ein lustiges Wort), ist im Grunde eine angeregte Morgenbesprechung über den künftigen Tagesablauf und die Gedanken zur vergangenen Nacht. Meine Güte – reden die viel!

Gar zu lange lasse ich mich aber nicht ablenken, denn schließlich habe ich ja ein Anliegen. Na ja, meine Nase verrät mir natürlich, wer in der Nacht noch da war,und ob morgens noch eines „unserer Autos" unten steht (also: von unseren Nachbarn, denn wir haben zum Glück keine solche Knatterbüchse auf vier Rädern mehr!).

Wenn ich mich genauestens über alles informiert habe, lasse ich mich von meinem Anliegen nicht mehr abhalten und erkenne mühelos auch einen Strauch als einen Baum, an dem ich als reifer Manndi mein Bein mal heben kann. Hier und da knabbere ich gerne noch einen frischen Grashalm (aber ich bin da sehr wählerisch), und dann kehre ich freudig wieder nach Hause zurück.

Mmmh, es geht doch nichts über ein gemütliches Betti – ob es nun meins ist oder das von meinen Beiden. Wenn Frauli mir sagt, dass Herrli noch schläft, lasse ich mich nicht stören … Ich springe elegant auf und belle einmal kräftig „Hallo Herrli, du schläfst einfach noch so, aber euer Pax war schon ganz eifrig." Sobald er dann einmal kurz aufwacht, schlafe ich meistens schon friedlich und träume von einem leckeren Frühstück oder Mittagessen.

Ja, ich schlafe gerne, zumal niemand kommt und mich aufweckt. Wenn einer von meinen beiden vorbeikommt, blinzle ich mal kurz, aber nach einem „Pax (oder Paxilein), schlaf nur ganz gemütlich", horche ich umgehend wieder an der weichen Matratze – versteht sich!

Die Hintergrundmusik wie Gespräche oder Tippen am Computer registriere ich sehr wohl, lasse mich aber weiter nicht stören.

Bei meinem Aufwachen, Aufstehen und Schütteln freuen sie sich ja immer riesig, wann auch immer das ist.

„Morgenstund ist ganz gesund, und da freut sich jeder Hund".

INDIVIDUALIST

An heißen Tagen wie jetzt pflege ich gerne der Ruhe. Und fressen mag ich dann auch nicht wirklich, jedenfalls keine komplette Portion, und sei sie auch noch so gut!

Am frühen Nachmittag habe ich jedenfalls einen Imbiss von ein paar meiner „Nur-für-dich-Pax"-Hühnerfilet-Streifen zu mir genommen, und danach war für mich auch schon Zeit für einen ausgiebigen Mittagsschlaf. Alles andere wäre ja viel zu anstrengend gewesen.

Ich hatte keine Ambitionen wie Spielen oder gar Gassi gehen in der schwülen Luft und stechenden Nachmittagssonne, nein danke.

Man muss auch wissen, wann und warum man verzichtet.

Schlafen, schlafen, schlafen ... das sagt doch alles, gell?

Na ja, irgendwann bin ich halt wieder mal aufgestanden, auch weil mein Bäuchlein sich meldete – das von Kari sowieso, das meldet sich immer.

Wenn die Kleine nichts zu kauen hat, fühlt sie sich nicht wohl. Knabber, knabber, malm, malm – dann ist sie ganz in ihrem Element!

Jedenfalls gab es als Abendmahlzeit Pute mit Reis, und das schätze ich sehr. Jaja, ich bin schon ein Feinschmecker geworden. Und Pute ist so erfrischend und leicht, also konnte ich mit Genuss fressen.

Später bin ich noch mal mit Frauli ausgegangen – nee, nicht zu den Salzburger Festspielen, sondern so richtig mit allem Drum und Dran. Als es später ermunternd hieß: „So, jetzt gehen wir

Betti heiti", bin ich einfach auf dem Sofa im Büro liegen geblieben … es war mir doch gerade so gemütlich.

Später dann bin ich halt gemütlich umgezogen in die Bibliothek (da stehen ganz viele Bücher). Ja, Bücher kenne ich schon lange.

Aber die Nacht habe ich dann doch auf dem süd-östlichen Diwan verbracht. Das ist zwar nicht die Regel bei uns (ich dürfte es wohl auch eher nicht), aber mir war halt so danach, und ich fand es ungewöhnlich behaglich. Es war wohl temperiert … nicht zu heiß, nicht zu kalt. Überdies hatte ich ja fast alle Möglichkeiten, mich zu bewegen. Mit Ausnahme des Balkons waren mir alle Räumlichkeiten zugänglich.

Ich fühlte mich ganz besonders, außergewöhnlich halt! Ein großer, gscheiter Manndi war ich in dieser Nacht!

Die Sache hatte noch einen Vorteil: Ich konnte mich am Morgen ohne Umwege direkt an Frauli wenden in Sachen Geschäfte. Normalerweise wirbelt uns sonst noch die Kleine dazwischen. Na, das regeln wir zwar auch, aber so war es doch ungleich gemütlicher.

Wir konnten ein wenig durch die Morgenfrische schlendern, an jedem Mäuerchen, jeder Pflanze habe ich die Visitenkarten gelesen und natürlich auch meine hinterlassen.

Ich bin Pax, der gscheite Manndi, der auch auf dem süd-östlichen Diwan zur Nacht mal beliebt, ruhen zu wollen!

KÄÄÄSÖ

Käse ist eines der Menschenworte, das ich mir besonders gut gemerkt habe. Allein schon dieser appetitanregende Klang: Käääsö. Mmmh – das zerschmilzt auf der Zunge. Wenn einer von meinen beiden Großen einen Toast isst oder eine Pizza oder Nudeln – hei, da wird meine Nase samt dem Gaumen schon ganz neugierig. Ich nehme dann voller Genuss jedes Duftwölkchen in mich auf. Manchmal trete ich dann zur genaueren Wahrnehmung etwas näher. Nun ja, vielleicht geht es nicht nur um die Wahrnehmung. Um ehrlich zu sein, erhoffe ich mir doch auch eine kleine Kostprobe von dieser Käslichkeit.

Anders als Kari bin ich ja nicht auf- oder zudringlich. Ich nehme halt meine allervornehmste Sitz-Position ein, mache mein stilles, allerfreundlichstes Gesicht, und warte, warte, warte ... Dann kommt auch schon die Reaktion.
Entweder heißt es: „Das ist gar nicht gsund für Dich", oder aber „Warte mal, das ist noch viel zu heiß". Na ja, probiert haben wir schon alles, was nach Käse duftete.

So weiß ich schon: Pizza schmeckt nicht so lecker, wie sie duftet. Toast wird auch nicht mein Favorit, weil er so krümelt ... Nudeln? Na ja, immerhin ist der Käääsö deutlicher zu schmecken!
Aber am aller-, allerliebsten haben wir den Käse pur. Das ist gewiss nicht der Emmentaler, den unsere liebe Tierärztin empfohlen hatte. Der schmeckt bestimmt anderen Vierbeinern sehr gut ... mir aber nicht.

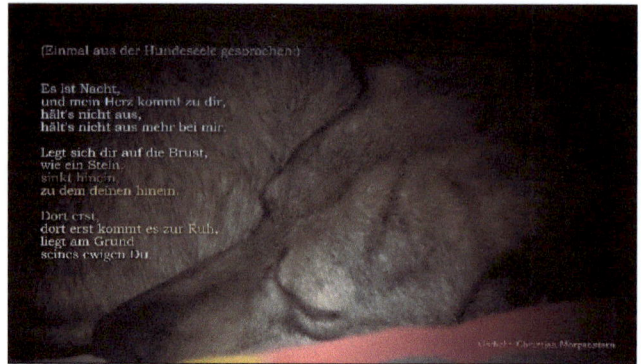

Ich habe da ganz andere Favoriten. Mir ist viel lieber so ein adliger Käääsö, hier aus dem Land. Den habe ich sehr, sehr, sehr, sehr gerne – am liebsten in Stücken. Wenn es den gibt, dann ist das wie ein Fest. Dann fressen wir nämlich alle gemeinsam. Für jeden ein Stückchen, so nach und nach.

Wenn es dann zu Ende geht, kommt natürlich auch die Vorankündigung: „So – jetzt noch ein Stückchen für Pax, ein Stückchen für Kari, und dann ist's aus".

Dann wird der Käääsö auch schon weggepackt.

Die weicheren Sorten wie diesen ‚Heiligen' oder einen kleinen Stinker, die habe ich nicht so besonders gerne. Kari liebt sie schon – aber sie liebt halt alles …

Ein ganz neugieriger, kleiner Staubsauger ist sie halt. Na, immerhin hat sie schon viel Neues kennengelernt, und das ist gut so. Sie ist halt immer und an allem interessiert und will auf dem Laufenden sein. Frauli erklärt ihr auch alles kurz und klar.

Heißa juchhei, aber dann gibt es ja da noch den aller- aller- allerbesten: den Armeaaan (oder so ähnlich).

Den habe ich in meiner ersten Zeit hier aus Fraulis Hand gekostet. Da war er ganz kleinkrümelig, aber sooo lecker. Später habe ich ihn dann auch mal in Stücken kennengelernt. Das war ein Erlebnis … köstlich, einfach köstlich! Da habe ich mir nach jedem Bissen die Lippen ausgiebig geleckt, um alles noch einmal nachzuschmecken. Wunderbar, ein Erlebnis!

Ihr seht, man wird schon zum Spezialisten im Laufe der Zeit! Ich bin ja auch ein Manndi mit Geschmack. Nur: den Armeaaan gibt es seltener. Vielleicht mal wieder, wenn ich Geburtstag habe? Oder wenn Kari Geburtstag hat? Dann könnte ich ihn ja bekommen, weil ich keinen Geburtstag habe. Diesen Adligen gibt es hingegen schon mal öfter hier bei uns. Willkommen sei er, denn ich habe ihn zum Fressen gerne!

KALAMITÄTEN

Oh je, oh je, oh je – war das was! Eigentlich hatte der Tag ganz normal begonnen.

Mit meiner Großen bin ich Gassi gegangen und dann wieder heim.

Bis später Herrli und die Kleine wiederkamen, habe ich mein kleines Frühstück genossen mit meinem „Nur-für-dich-Pax" – ihr wisst?

Unser Vierer-Morgen war dann eigentlich ganz gemütlich. Nur Herrli ging es nicht gar so gut. Das hing wohl auch damit zusammen, dass er sich von Oma-Frauli hatte verabschieden müssen am Vortag. Das hatte uns Frauli erklärt.

Zu Mittag gab es für mich feines Lamm und für die Kleine geruchssichtlich Rind … Rind für das Kind.

Na, bei dem Kind bin ich auch wieder nicht so zum Zuge gekommen, wie ich es gerne gewollt hätte.

Am Nachmittag kam dann ein Freund von Herrli, um etwas zu arbeiten.

Hui, den habe ich aber ausgebellt! Obwohl – ich kannte ihn ja schon, und er ist immer sehr freundlich.

Nun denn: aufgeregt wie ich war, habe ich den Knochen von der Kleinen „übernommen" und knusper, knusper, knabber, knabber vertilgt!

Oh ja, aufgeregt, wie ich war! Und mit einem Mal wurde mir sowas von schlecht. Oj Oj oj … jedenfalls habe ich gekotzt wie ein Reiher. Frauli hat mich getröstet und dann saubergemacht. Ein Glück. War ich schlapp!

Ich habe mich erst einmal niedergelegt. Herrli auch, denn er hatte Bieber oder so ähnlich. Schlafen, schlafen – aber hin und wieder hat es mich noch gewürgt.

Später sind wir noch zweimal Gassi gegangen, meine Große und ich. Aber ich war ganz schön wackelig auf den Beinen, zumal nach erledigten Geschäften. Oh Zuhause, mein vertrautes Zuhause! Da konnte und durfte ich wieder schlapp sein und ausrasten von all den unerwarteten und gänzlich unerwünschten Mühen.

Am nächsten Morgen hätte ich ja wohl in gewohnter Manier Gassi gehen wollen. Jedoch – trotz mehrfacher Ermunterungen – konnte ich die Treppe überhaupt nicht hinuntergehen. Meine Beine fingen an, zu zittern und ich musste mich wieder setzen. Na, so eine Aufregung!

Ich geruhte wieder, zu ruhen – im Büro, denn da schläft sich's doch am besten.

Alles andere ließ mich absolut kalt. Zum Mittag-Fressi habe ich mich dann doch einladen lassen, denn es gab Reis mit einem Hauch von Pute – ach die Gute!

Das war schon köstlich. Dann: Nach dem Essen sollst Du ruh'n ... die Sache mit den tausend Schritten lassen wir mal.

Am Nachmittag pressierte es dann doch. Mit einer **deutlichen** Ermunterung konnte ich dann auch schon wieder die Treppe hinunterlaufen.

Draußen fühlte ich dann wieder die Unsicherheit. Andererseits fühlte ich mich aber auch natürlich gut beschützt. Wenn Frauli sagt: „Ist alles in Ordnung, Pax", dann ist ja auch alles in Ordnung. Das weiß ich schon.

Außerdem hatte ich ja ein geschäftliches Anliegen.

Wie geht man aber am besten vor? Am besten hinterlässt man erst mal seine Visitenkarte, was ich auch mehrfach tat. Das zweite Geschäft wurde dann später dem ersten doch vehement ähnlich.

Puh, aber eine Erleichterung war es dennoch. Nun, so konnten wir immerhin erleichtert wieder nach Hause gehen und uns ein wenig ausrasten, ein wenig halt.

Den Reis mit etwas Pute habe ich dann schon sehr genießen können zum Glück!

Kurz darauf aber drängte es mich, und ich drängte Frauli zum Gassi gehen.

Hui, so schnell können wir Treppen laufen.

Einmal vor der Tür, war ich dann auch schon beruhigter und bin zu meinem üblichen Rhythmus zurückgekehrt. Übliche Abfolge, üblicher Ort. Es zog mich dann zu unserer alten Wiese, die mir ja so vertraut war.

Ui, welche Anstrengung überkam mich, aber Frauli hat mir sozusagen Geburtshilfe geleistet und die beiden vorgekauten und dann vorschnell geschluckten Knochenteile wieder ans Licht (ne, s'war wohl schon dunkel) gebracht auf dem logischen Wege. Nun konnte ich wirklich erleichtert nach Hause gehen!

KNABBERSTUNDE

Meine Kleine und ich, wir haben immer große Freude an unserem feinen Fressi.

Da ist zwar Gewohnheit, aber auch Abwechslung. Das Menü ist schon abwechslungsreich.

Mal erhalten wir mittags Rind oder aber Lamm, und abends gibt es dann entweder Huhn oder Pute. Alle sind jeweils mit Reis, weil wir so sensibel sind – besonders ich, versteht sich.

Wenn wir uns danach vor Genuss das Maul geleckt haben, ziehen wir uns diskret ins Büro zurück. Zwar diskret, aber dann kehren wir doch mit unserem allerliebsten lieben Gesicht so ganz beiläufig in die Küche zurück.

Frauli fragt uns dann natürlich auch, ob wir noch etwas Leckeres zum Knabbern mögen.

Sie kennt uns ja sowieso genau. Wohl fragt sie dann noch, ob wir ein leckeres Knochi gerne hätten, hat aber die Tüte schon in der Hand (ich kenne ja das Knister-Geräusch!).

Mmmh, dann dürfen wir sogar aussuchen. „Einen für Pax und einen für Kari", heißt es dann.

Ihr meint, alle Stücke Rinderkopfhaut wären gleich? Oh nein, weit gefehlt!

Da sind große Unterschiede im Greifen, im Duft und im Geschmack.

Es ist wichtig, erst einmal kleine Kreise zu laufen, zu schnuppern, die Düfte aufzunehmen.

Dann gilt es, eine kleine Beißprobe zu machen. Weniger wichtig ist es für Kari, denn die kann wirklich alles beißen.

Aber ich muss mir wohl irgendwann mal einen Zahn verletzt haben (oder verletzt bekommen haben). Jedenfalls muss ich mit Bedacht wählen.

Allein das ist schon spannend und unterhaltsam! Wenn wir dann beide unsere Wahl getroffen haben geht es richtig los mit dem Vorkosten, Anlutschen und Knacken. Hui, das ist Musik. Meistens lasse ich mein Knochi nach kurzer Zeit scheinbar desinteressiert links liegen, während Kari kaum zu bremsen ist in ihrem knack, knack, knack. Meine Große hat meine Methode schon durchschaut. Nach kurzem Warten bietet sie Kari mein abgelegtes Knochi fröhlich zum Tauschen an.

Klar, dass das kleine Krokodil akzeptiert, da es sich ja um ein fast neues Stück handelt (zumal auch mit Pax-Geschmack). Und Kari knackt ungebremst an dem neuen Stück weiter. Ich übernehme nun mit Freuden das Knochi mit Kari-Geschmack, das gut weichgekaut ist. Aber hallo, diese Zusammenarbeit ist einfach perfekt und, uns ist beiden gedient.

Da ist der rechte Moment gekommen, es sich auf dem Teppich gemütlich zu machen. Die Hinterbeine werden angewinkelt, die Vorderbeine gestreckt, und die Pfoti halten ganz grazil und elegant unsere leckeren Knochi. Unser hingebungsvolles knack, knack, knabber, knabber, malm, malm – Knochi gedreht und weiter von vorne –, das lässt die ganze Umgebung im Kauen verschwinden. Wir sind in solchen Augenblicken ganz in unser Knusperland eingetaucht, versunken.

Ich liebe diese Knabberstunden und schmunzle dann auch sogar völlig entspannt vor mich hin.

Da ist keine Anspannung, keine Aufregung, keine Beunruhigung, keine komische Angst.

Das sind für mich die Zeiten von reinem Genuss, purer Freude und wirklichem Frieden.

Die nächste Knabberstunde kommt bestimmt schon ganz bald. Vielleicht sogar schon morgen früh nach dem Frühstückchen? Darauf freue ich mich jetzt schon und trinke zum krönenden Abschluss noch eine gute Portion frisches Wassi, denn kauen macht Durst.

KNUFFI-WUFFI

Also manchmal, besonders wenn es um den lästigen Abend-Spaziergang geht, dann frage ich mich, ob ich mich nicht einfach schlafend stellen sollte.

Dann werde ich nämlich nicht geweckt, sondern kann in Seelenruhe meinen Träumen nachhängen.

Frauli kommt dann zwar ins Büro, aber sie redet nicht mich an, sondern sagt etwas zu Herrli oder Kari.

Natürlich höre ich mit, ich bin ja nicht taub, und ich merke schon von der Stimmung her, dass es jetzt für mich eher ungemütlich werden wird.

Und ganz unauffällig lupfe ich schon mal ein Augenlid … sieht ja keiner, ich bin ja blind …

Keiner? Wirklich keiner?

Schon höre ich meine Große sagen: „Na, na, Pax – ich weiß genau, dass du uns zuhörst."

Da mache ich mein allertreustes Gesicht und räkle mich wohlig grunzend noch mal auf dem Sofa. Mmmh – ist das gemütlich! Alle Viere von mir gestreckt, Bauchi in die Höhe.

Dann setzt sich Frauli, wie schon erwartet zu mir und krault mir meinen Bauch.

Hei, das ist ein Genuss, bei dem ich mich wohlig räkeln kann.

Auf einmal sagt sie zu mir: „Du bist ein richtiger Knuffi-Wuffi, Pax", und gibt mir dann ein Schmatzi auf mein Bauchi. Das ist erst lustig!

Damit meine Kleine nicht neidisch wird, bekommt sie dann natürlich auch ein paar Schmatzi. Na, immerhin werde ich durch unser Spiel auch ein wenig munterer.

Ich weiß ja selber sehr genau, dass ich so gescheit sein muss, noch einmal Gassi zu gehen.

Aber es freut mich halt nicht so recht.

Na ja, wenn dann der unaufschiebbare Moment kommt, dann bin ich recht schnell bei der Sache.

Frauli glücklicherweise auch, denn ein Manndi muss tun, was ein Manndi tun muss.

Husch, dann flitzen wir auch ganz zügig die Treppe hinunter, und – schwupp – schon sind wir draußen.

Dann habe ich es auch gar nicht mehr so eilig.

In sicherem Gebiet kann man sich Zeit lassen.

KOMM-PJUUUTER

Wisst ihr? Ich lerne viel …

Komm-Pjuuuter ist mir sehr vertraut, ja einer meiner liebsten Plätze!

Ich weiß zwar nicht genau, was meine Große dort macht.

Aber ich lege mich gerne zu ihr dorthin. Dann döse ich ein wenig, nach dem Fressi zum Beispiel.

So leckeres Fressi bekommen bestimmt nicht alle Hunde in der Welt.

Doch meine Kleine und ich sind ja ganz besonders, und unsere beiden Großen haben uns natürlich sehr lieb.

Wenn Kari endlich zu Herrli ins Büro geht, bleibe ich ganz gemütlich beim Frauli-Komm-Pjuuuter! Das mag ich!

Ich weiß zwar nicht genau, was sie da macht … jedenfalls unterhalten wir uns auch. Das sind kurze Gespräche über die wichtigsten Dinge des Lebens.

Wir sprechen halt dieselbe Sprache, obwohl sie „Mensch" spricht, und ich „Hund". Sprich: Wir sind vertraut miteinander wie wenige.

Meistens reden Menschen viel zu viel und zu laut – das wäre gar nicht nötig.

Sie reden viel und durcheinander. Ich könnte wetten, keiner versteht den anderen. Upps, dumm gelaufen! Und dieselben Menschen meinen, wir Hunde verstünden nichts … Weit gefehlt!!!

Selbst meine Kleine und ich, blind, wie wir sind, nehmen alle Gerüche und Energien auf! Wer schlechte Energien hat, wird von mir nicht an-, sondern ausgebellt.

Gut … wir verstehen nicht alle Worte perfekt, aber: In der Tat macht der Ton die Musik. Auch das wissen die meisten Menschen leider nicht.

Am Komm-Pjuuuter: Frauli informiert mich immer über das, was sie macht. Manchmal hört sie Musik, die ist auch fein. Und wenn wir alleine sind, ist die Gelegenheit günstig …

Nach einer Ruhepause hebe ich meinen Kopf zu ihr. Mit meinen blinden Augen lächle ich ihr zu und mache mein aller-aller-freundlichstes Gesicht.

Natürlich sagt meine Große: „Ich habe schon verstanden, Pax." Dann bekomme ich oft auch meine „Nur-für-Dich-Pax". Also, diese Streifen vom getrockneten Hühnerfilet sind wirklich ganz delikat. Ich kaue sie begierig und schnell, und dann lecke ich mir voller Genuss anschließend mein Maul.

Ja – ich muss wirklich ganz besonders sein für mein Frauli! **Die** bekomme nur ich, ganz exklusiv …

Manchmal liest Frauli auch Nachrichten dort. Oder sie sagt nach einer Weile: „Bald kommt wieder ein Paket für Pax und Kari. Das sind ganz viele leckere Sachen, zum Fressen und zum Knabbern."

Paket – das ist störend, weil der Bote klingelt, aber es ist auch gut, weil gute Sachen auf uns warten.

Kari packt gerne mit aus und lässt sich über alles ausführlich informieren.

Ich warte einfach ganz entspannt, denn wir werden ja schon bald eine Kostprobe bekommen. Neugierig? Nun ja, das bin ich auch, aber ich muss es ja nicht gleich zeigen.

Jedenfalls – trotz meiner Vergangenheit und trotz aller Schwierigkeiten:

Hier bin ich glücklich und darf es auch immer sein!

KÖNIGSKETTE

Wo soll ich anfangen zu erzählen?

Also: Normalerweise kommen ja immer die ganz großen Pakete „Für Pax und Kari" ins Haus. Das Klingeln regt mich jedes Mal ganz fürchterlich auf, sodass ich kräftig bellen muss.

Aber dann freue ich mich doch schon riesig, wenn wir alles auspacken und ich perfekt auf dem Laufenden bin über unsere schönen und leckeren Sachen.

Aufgeregt habe ich mich auch vor ein paar Tagen, und gebellt habe ich auch wieder aus Leibeskräften.

Das Paket war auch wieder für die Kleine und mich, aber es war viel kleiner als sonst. Da kannte ich mich nicht mehr aus. Was war wohl darin? Ich war ein einziges Fragezeichen.

Natürlich waren in dem kleinen Paket kleine Sachen, aber da war etwas für Kari, etwas für uns beide ... und etwas für mich.

Heißa, extra für mich eine Kette mit Feeroo (den Rest habe ich nicht verstanden).

Herrli hat mich dann damit gekrönt und mir gesagt, dass ich damit ganz ruhig, gelassen und sicher sein werde.

Das verleihen diese Feeroo, diese Sicherheit und Würde.

Also muss das wohl eine Königskette sein.

Ich war schon so ziemlich richtig außerordentlich stolz! Diese Königskette trage ich nun auch Tag und Nacht – nur bei Regen müssen wir sie zu Hause lassen.

So nach und nach fühle ich mich langsam doch souveräner, kann ich nach einer Woche anmerken.

Königswürde muss man wohl auch erst lernen. Jedenfalls: Früher bin ich bei jedem klappernden Absatz, der auch nur auf der anderen Straßenseite vorbeiging, zusammengeschreckt. Kinder haben mich ganz nervös gemacht. Jedes Fahrrad, das vorbeifuhr, hat mich zusammenzucken und bellen lassen vor Empörung. Jeder noch so weit entfernte Vierbeiner hat eine Welle der Aufregung ausgelöst. Und ich wurde total hektisch und laut. Mir sollte ja keiner zu nahe kommen und mir was Böses tun.

Nun, da hat sich meine Welt schon ein wenig verändert, und die Aufregung ist – selbst mit Ausnahmen – nicht mehr ganz so groß. Das beste Beispiel ist wohl das des kleinen Dalmatiner-Mädchens. Jaja, die muss wohl ganz vernarrt sein in mich feinen Manndi. Ich habe ja schon einmal von ihr erzählt. Also: Neulich war sie wieder einmal – aber zum Glück auf der anderen Straßenseite – da, winselte auch schon ermutigend herüber. Da habe ich nur ein kurzes, klares „Wuff" gesagt, und das war's dann auch schon.

Na, also diese Feeroo sind schon wunderbar nützlich, finde ich.
Und eigentlich könnte ich ja auch ganz gelassen sein, denn alle lieben mich hier!
Oh ja, das ist klar!
Und meine Kleine wird schon irgendwann auch erwachsen werden. Bis dahin muss ich noch ein wenig geduldig sein (was ja nicht gerade meine Stärke ist).
Aber vielleicht schaffen das die Feeroo ja auch noch.

Jedenfalls trage ich meine Königskette mit Stolz, denn sowas hat je nicht jeder. Also muss ich schon was ganz Besonderes sein.

KOPFSCHMERZEN

Manchmal muss ich die Stirn runzeln. Gut, gut – wenn ich vielleicht noch ein wenig Hunger habe oder einfach Appetit auf noch etwas Feines, dann ist die Sache im Schwuppdiwupp geklärt, denn etwas Leckeres gibt es ja immer bei uns. Gute Sachen sind das, hundert Prozent natürlich, und die machen auch nicht dick, sonst müssten wir ja irgendwann rumkugeln, statt elegant zu springen.

Aber ich wollte etwas ganz anderes erzählen. Also, manchmal muss ich die Stirn runzeln (jaja, das sagte ich schon). Das liegt aber daran, dass mir der Kopf wehtut.

Wenn Frauli gemerkt hat, dass ich nicht aus lauter Verfressenheit die Augenbrauen lupfe, oder die Augen zusammenziehe, dann legt sie mir ganz behutsam die linke Hand auf.

Das ist die Hand bei ihr, die alles spürt. Komisch, ob sie vielleicht doch ein Hund ist?

Jedenfalls kann sie danach genau berichten, ob es ein ziehender oder ein pochender Schmerz ist.

Und nach einer stillen Weile nimmt sie die Hand wieder weg, und ich fühle mich schon ein wenig besser.

Danach kann ich einen Erholungsschlaf machen, und dem Tag eher gelassen begegnen nach dem Aufwachen. Spätestens gegen Abend werde ich dann auch wieder munterer.

Heute war auch wieder so ein Tag.

Klar, ich musste dringend hinunter, sonst wäre ich auch gar nicht aufgestanden.

Aber dann, dann bin ich die Treppe hinuntergerast, sodass meine Große mir nur mit Mühe folgen konnte. Vor dem Haus hat sich mein Schritt sofort merklich verlangsamt, obwohl es relativ ruhig war. Aber mich hat einfach alles erschreckt – alles ...

Wir konnten auch nicht ganz wie gewohnt gehen, weil noch Mülltonnen im Weg standen. Nicht am nächsten Haus, aber um die Ecke war noch ein Wirbel. Na – es waren nur ein Auto und zwei Leute, aber für mich war es ein kolossaler Wirbel. So habe ich ganz zügig meine Geschäfte erledigt und bin dann direkt nach Hause gesteuert.

Puh – so eine Aufregung! Kaum in der Wohnung angekommen, habe ich mich direkt, ohne Umwege, unter den Esstisch geflüchtet, ja wirklich geflüchtet, obwohl ich noch mein Kleidi anhatte. Das war mir wurscht! Ruhe wollte ich, Ruhe, Ruhe, Ruhe! Nach Frühstückchen war mir nicht zumute, nur meine Leberwurst-Pax-Medizin habe ich noch genommen.

Später wäre Herrli fast noch mit mir zur Frau Doktor gegangen. Als wir dann unterwegs waren, haben wir gemerkt, dass es doch nicht unbedingt notwendig war. Umso besser!

Mittags konnte ich sogar schon wieder fressen, und nach einem Spaziergang wieder fein ausruhen bis zum Abend. **Das war gut**!

Das abendliche Gassi gehen mit Frauli war dann auch total entspannt, ich habe mich nicht mehr gefürchtet, und wir haben sogar noch meinen Freund im Nebenhaus begrüßt. Na, der hat sich gefreut – ich mich aber auch. Das war ein feiner Abschluss des Tages.

Hin und wieder – völlig unvorhersehbar – ereilen mich diese Attacken von Kopfschmerzen. Fragt mich, warum? Ich weiß es nicht.

Ich hörte nur, dass Frauli einen ganz lieben Großonkel hatte, den hin und wieder solche Schmerzen plagten.

Er hatte meiner Großen dann früher mal erzählt, dass er vom Krieg her noch eine Wanderkugel im Kopf hatte, die ihn dann hin und wieder ganz unvermutet plagte.

Ob ich wohl auch noch so eine Wanderkugel habe, oder jedenfalls einen Splitter von den über zwanzig Schrotkugeln, die mal in meinem Kopf waren?

Ich weiß es nicht, und ich hoffe nur, dass das nie, nie, nie wiederkommt. Denn jetzt bin ich doch angekommen, ich bin zu Hause und will auch immer, immer, immer, hier zu Hause bleiben. Das werde ich!

KUHLIMUH

Ihr wundert euch, was wohl eine Kuhlimuh sein mag?
Das ist doch ganz einfach und mit wenigen Worten erklärt.
Meine beiden Großen haben mir zu meinem Einzug eine kuschelige Plüschkuh geschenkt. An die kann ich mich im Schlaf wunderbar ankuscheln, oder ich kann herrlich mit ihr spielen! Also: Die Kuh macht Muh, das weiß doch jedes Kind.

Und wir nennen sie nicht einfach Kuh – das wäre doch viel zu unpersönlich und nichtssagend – bei uns heißt sie Kuhlimuh! Tja, so ist das.

Die Kuhlimuh spielt gerne mit uns – oder wir mit ihr? Man weiß es nicht.
Nun ja, ich schnappe sie mir öfters halt, springe mit ihr aufs Betti von meinen beiden und knabbere sie einfach genüsslich an – sie sagt auch nichts dazu.
Dann werfe ich sie in meinem Temperament kurz in die Luft, nehme sie wieder auf, werfe sie wieder, springe darauf …
Meine beiden Großen spielen dann auch gleich mit, das ist vielleicht lustig!
Wir kämpfen um die Kuhlimuh – ganz vorsichtig und behutsam, versteht sich.
Wenn Herrli es schafft, die Kuhlimuh zu erobern, versteckt er sie mir manchmal … aber er gibt sie mir dann natürlich auch wieder.

Oh, diese Spiele sind sehr, sehr lustig und erschöpfen mich auch ganz wunderbar. Ein Manndi muss halt tun, was ein Manndi tun muss. Jo mei, hinterher gehe ich schon gerne noch mal Gassi mit Frauli, denn die Nacht ist ja lang, gell?

Wenn wir wieder hinaufkommen, gönne ich mir gerne noch einen Knabberstab, ihr wisst schon, den von dem Ochsen … Mmmh … den kann ich laaange ganz genussvoll knabbern!

Man sagt ja, ich sei mittlerweile ein kleiner Feinschmecker.

Naja, gar so klein? Aber ja: Feines schmeckt mir natürlich außerordentlich gut! Ich bin ja auch nicht so ein Dahergelaufener, sondern ein Immigrant – mittlerweile ein waschechter Salzburger!!!

Ob die Kuhlimuh das auch weiß? Ich glaube schon, denn sie ist immer gleich lieb zu mir! Sie widerspricht mir nicht, sie widersetzt sich nicht – aber sie streichelt mich auch nicht. Aber das tun ja meine beiden Großen und ich genieße es in vollen Zügen.

Alles für mich, für Pax!!!

KUSCHELTIERCHEN?

Nun denn – verstehen wir uns recht – meine Kleine will immer und überall dabei sein, und am liebsten würde sie alles eigenständig erledigen.

Man sieht, das Kind wird allmählich groß. Jetzt hatte sie ihren vierten Geburtstag.

Aber kehren wir zum Thema zurück, auch wenn ich gerne mit euch plaudere.

Ich bin ja nun mittlerweile schon richtig groß und erwachsen, halt ein Manndi von Welt. So nehme ich manche Dinge ganz gelassen zur Kenntnis und pflege meine Ruhe. Ruhe ist etwas ganz Feines. So bin ich nicht der Typ, der jedem überall hin nachdackelt und Freudentänzchen aufführt. Oh nein, ich nehme wahr und registriere. Manchmal blinzle ich noch ein wenig. Wer mich wirklich kennt, versteht.

Eines hässlichen Tages kündigte uns meine Große an, sie müsse zu einer ganz wichtigen Untersuchung bei einem Doktor.

Uns beiden gab sie mit einer Streicheleinheit zum Abschied noch einen ihrer Superkekse – und dann – dann wurde sie abgeholt. Oh je!

Würde sie wohl wirklich bald wiederkommen? Müsste sie am Ende wieder lange, lange, lange im Spital bleiben? Ich hatte schon verstanden, dass sie nicht so wirklich richtig gesund ist.

Also legte ich mich zur Ruhepause und machte mir Sorgen.

Vermutlich hatte ich so eine Knitterstirne, dass das auch Herrli bemerkt hat.

So gerne hätte ich geweint, aber ich wollte einfach souverän und tapfer sein.
So hat uns mein Großer viel und gut zugeredet zur Beruhigung. Das war sehr lieb und nett gemeint, aber konnte meinen Kummer nicht ernsthaft auffangen. Jedem Versuch der tröstenden Annäherung bin ich einfach lässig in meinen Schlaf ausgewichen.

Aber dann!!! Dann kam Frauli endlich wieder und knutschte meine Kleine und mich mit Freude.
Freude, wieder in Ruhe bei uns zu sein! Ich war sooo froh – froh und erleichtert. Bestimmt hat irgendjemand den Stein gehört, der mir von der Seele geplumpst ist. Danach konnte ich wieder mit Freude fressen. Mit riesengroßer Freude und Begeisterung.

Meine Welt war wieder in Ordnung. Von da an habe ich mehr die Nähe meiner beiden Großen gesucht und mich aktiv an sie angelehnt, bis ich geherzt wurde.

In der darauffolgenden Nacht bin ich sicherheitshalber zu Fraulis Bett gegangen, ich musste ja achtgeben auf sie und die Welt. So konnte ich dann beruhigt einschlafen! Meine große, kleine Welt war nun endlich wieder in Ordnung. Frauli kann zwar nicht mehr mit Gassi gehen wie früher, aber sie ist für uns da und besorgt auch immer leckeres Fressen für uns.

Jede Mahlzeit wird wieder zelebriert. Nachdem die Näpfe gefüllt sind, klopft sie zweimal daran und sagt unsere Namen. Wir müssen wohl ziemlich wichtig sein.
Wenn ich nachher noch etwas Besonderes möchte, recke ich einfach ganz lieb den Kopf zu ihr hoch … Frauli sagt dann immer: „Den Gesichtsausdruck kenne ich, Pax." Zum Nachdruck lege ich ihr dann einfach vertrauensvoll meine Pfote aufs Knie, das darf ich.

Gut – ein typisches Kuscheltierchen bin ich nicht, aber ich genieße still jede Zuwendung meiner Großen!

LEBERWURST-TAGE

Ich weiß noch ganz genau, wann das begann.
Es war an dem Tag, an dem sie in Spanien einen treuen Zwölfjährigen umgebracht haben. Sein Frauli war nämlich an Ebola erkrankt, also hatten sie auch ihn in Verdacht. So genügt ein Verdacht wohl zum Mord – nun ja …

Zurück zu mir und meinem Thema.
Der Morgen dieses Tages hatte für uns ganz normal begonnen: aufstehen, mit Frauli Gassi gehen (danach auch Herrli mit Kari) und anschließend unsere gemütliche Vierer-Runde.

Bis zum Mittag konnten meine Kleine und ich noch lustig spielen und dann unser feines Fressi genießen mit anschließendem Büroschlaf.
Jaja, wir ruhen gerne im Büro auf dem weichen Sofa.

Plötzlich wurde mir dann … ich weiß nicht wie … halt so übel. Mein Würgen hat alle sehr erschreckt und auch Frauli kam sofort zu uns rüber.
Über weitere Details schweigt des Manndis Höflichkeit. Jedenfalls wurde Kari erschrocken ganz stumm.
Später ging Herrli mit mir Gassi, weil Frauli noch anderweitig eingespannt war. Kari hatte glücklicherweise schon gefressen bei unserer Rückkehr.

Versteht sich, dass **mein** Magen gar nichts mehr gewollt hätte, aber das wurde auch logischerweise gar nicht angeboten. Na ja, immerhin konnte ich später ruhig schlafen.

Am nächsten Morgen fühlte ich mich ganz schön (naja, gar so schön?) wackelig auf den Beinen und wäre am liebsten gar nicht Gassi gegangen. Aber Unvermeidliches kann man ja eben nicht vermeiden.

Schon vor der Wohnungstüre wurde mir aber ganz blümerant, und kein Überzeugungsversuch konnte mich bewegen, auch noch die Treppe hinunterzugehen. Ich habe mich erst mal hingelegt!

Dass wir später doch gingen, versteht sich, und danach ging Herrli mit mir zur Frau Doktor. Untersuchung und Spritze gingen problemlos … mir war eh noch so schwach … aber sooo schwach.

Ich war dann auch heilfroh nachher daheim einfach schlafen zu können. Kari war auch ganz lieb und ruhig.

Medikamente hatten wir mitbekommen und auch ein Trockenfutter, das besonders gut fürs Bäuchlein sein sollte.

Gefressen habe ich es mit Wonne, hatte ich doch vom Vortag nichts mehr im Bauch. Und zurückerstattet habe ich es unverändert … man will ja nicht unhöflich sein. Fakt war und ist: Das war nichts für mich!

Mit den Medikamenten vom selben Abend an ging es dann immer ein wenig besser.

Medikamente sind lecker, die mag ich, denn die schmecken nach Leberwurst. Mjam, mmmh, fein, vielleicht ist es gar nicht so schlecht, mal krank zu sein. Kari, das gefräßige kleine Krokodil, bekam natürlich auch von der Leberwurst, obwohl sie doch gar nicht krank war.

Na, wahrscheinlich schmeckte ihre auch gar nicht so gut wie meine, weil es ja keine Medizin für sie gab.

Nun denn, fassen wir uns kurz.

Nach und nach fühlte ich mich schon besser, aber die leckere Medizin gab es noch.

Und Frauli hat ein gutes Fressi entdeckt, das so ähnlich riecht wie das von Kari. Nur ist meines besonders für Hunde mit rebellischem Bäuchlein. Lecker, lecker – und ich habe schon wieder richtig Appetit.

Neu ist meine Leidenschaft, bei der Zubereitung schon dabei zu sein.

Also gehe ich dann gerne gleich mit in die Küche, um alles mitzuverfolgen. Frauli erklärt ja auch alles ganz genau und spannend. So freuen wir uns dann auch schon auf die nächste Begegnung in der Küche … jetzt, jetzt!

Guten Appetit – ich bin der geborene Küchenchef, ich weiß es genau!

MÄNNER-SPAZIERGANG

Heute war ein richtig guter Tag!

Nach unserem Mittagsfressen und unserem Mittagsschlaf merkte ich, dass Herrli sich rüstete zum Hinausgehen. Kari drängelte sich natürlich gleich wieder zu ihm.

Aber ich, nicht blöd, setzte mich gleich vor die Eingangstüre und legte meinen Kopf vertrauensvoll und bittend auf sein Bein. Frauli sagte folgerichtig „Merkst Du nicht …?"

Kari war natürlich bitter enttäuscht … bis Frauli sagte: „Au fein! Dann spielen wir beide was." Wunderbar, das hat gefruchtet, denn wir konnten ungehindert gehen, und ich habe beim Hinuntergehen kein Gejammer gehört. Sie tröstet sich ja doch recht schnell, wenn etwas interessantes Neues auf sie wartet. Und wir Männer gingen dann die vertrauten Wege.

Klar, es war für mich nicht nur die Freude an der gemeinsamen Unternehmung, sondern ich hatte wohl auch ein eindeutiges Anliegen (wenn nicht sogar mehr Anliegen).

Herrli erzählt mir unterwegs immer viel, aber es hört sich sehr lieb und melodisch an … muss wohl was Gutes sein.

Ich kenne mich da nicht so aus in der Menschensprache, aber wenn es richtig gut klingt, dann ist es auch was richtig Gutes.

Wir gingen sogar fast bis zum Oma-Frauli – fast, weil sie ja ohnehin momentan im Krankenhaus ist.

Am Abend hatte ich jedenfalls wieder einen gesegneten Appetit (was mittags nicht der Fall war) und konnte unser Fressi wieder genießen. Mmmh, hab ich mir die Lippen abgeschleckt.

Die neugierige Kleine schleckt dann aus purer Neugierde noch einmal den Napf aus, obwohl er schon leer ist. Naja, ich schnuppere ja auch meistens noch an ihrem Kinderfutter-Napf, obwohl **sie** mir nie e i n einziges Bröckchen übrig lässt.

Ach, das war schön, mit Herrli mal so richtig wie in alten Zeiten spazieren zu gehen. Er hat mich ja wohl doch lieb. Bei Frauli hatte ich da nie Zweifel, weil sie ja sowieso mit MIR geht zwei- dreimal am Tag, je nach Bedarf, und weil sie mir meine „Nur-für-dich-Pax"-Hähnchen-Streifen gibt, wenn ich ein besonders liebes Gesicht mache, und vor allem, wenn wir alleine sind und Kari geschäftlich mit Herrli unterwegs ist.

Aber: So einen Männer-Spaziergang sollten wir unbedingt bald einmal wiederholen!

Da sind wir ungestört, die Kleine bandelt nicht gleich wieder mit jedem Dahergelaufenen an (oder ich bekomme es immerhin nicht mit …).

Mischa aus dem Nachbarhaus habe ich lange nicht mehr getroffen, obwohl meine Nase ihn immer gesucht hat. Ob der am Ende übersiedelt ist irgendwohin? „Zwar weiß ich viel, doch möchte ich alles wissen" … (mein Faust'sches Verhängnis).

Jedenfalls: so einen Männer-Spaziergang sollten wir unbedingt bald einmal wiederholen!!! Ich bin doch auf jeden Fall und sowieso der sozusagen „Erstgeborene".

MORGENFRÜHE

Nun, wenn wir ehrlich sind (und das bin ich ja immer), also: Wenn wir ehrlich sind, bin ich ja nicht so wirklich richtig ein Frühaufsteher, zumal es im Bett doch eigentlich so kuschelgemütlich ist.

Aber manchmal habe ich leider doch ein dringendes Anliegen – so ein Verdruss. Also springe ich halt behände aus meinen Träumen und aus dem Bett und wandere ein wenig hin und her.

Wenn dann immer noch keiner aufsteht … hmmm … dann muss ich mein Anliegen doch leider deutlicher und verständlicher formulieren. Da belle ich halt mal hell auf: „Hallo – steht mal einer auf?" Natürlich steht mal einer, eigentlich **eine** auf.

Huuuch, das ist ein Segen! Ich lasse ihr (ist schon klar, wen ich meine) dann auch höflich die Zeit, kurz noch ins Bad zu gehen. Und die ist zum Glück auch nur relativ kurz. Wenn ich die Spülung höre weiß ich: „Jetzt zieht sie sich geschwind an." Dann schwupp noch mein Kleidi, ihr Mantel, der Klack-Gürtel, mit dem wir uns verbinden, Türe aufsperren und dann …

In solchen Momenten zögere ich auch nicht mehr, die Treppe hinunterzugehen (was ich ja manchmal aus unerklärlicher Furcht tue).

Ha, ist das gut, dann draußen zu sein. Da könnte ich jederzeit, wenn ich wollte. Aber da ich ja nun auf sicherem Gebiet bin, kann ich mir ruhig auch Zeit lassen und wählerisch sein.

Gut riecht sie, die Morgenluft. Manchmal bleibe ich einfach kurz stehen und schnuppere mich in den Morgen hinein. Einmal die

Straße entlang, die in der Früh noch recht ruhig ist, einmal zum Mönchsberg hinauf schnuppern, von dem noch Geräusche klingen von der Nacht. Das ist interessant.

Und natürlich markiere ich überall. „Pax war schon da, dass ihr's nur wisst". Nicht, dass irgend so ein … irgend so ein eingebildeter Wuffi denkt, das wäre sein Revier.

In der Frühe kann ich meine Geschäfte in aller Seelenruhe und völlig ungestört erledigen. Da geh ich hin und gehe her … der Morgengang ist gar nicht schwer … na bitte sehr.

Meine Große unterhält sich auch lustig mit mir, und ich bin so rundum zufrieden. Da bleibe ich auch gerne einmal länger unterwegs. Ich gehe ja nicht weit, aber halt gerne an all den Häusern, Bäumen und Wiesen vorbei, die mir von Anfang an bekannt sind.

Wir wissen ja, dass Blinde gerne vertraute Pfade gehen und auch gehen müssen, da diese meistens keine unliebsamen Überraschungen bergen.

Das ist schon wichtig für das Selbstwertgefühl! Auf vertrauten Wegen kann ich ganz lässig direkt um die Ecke biegen, an den großen Papiertonnen vorbeischlendern …

Ich weiß ja, dass danach die Alm unten plätschert und ich dasselbe oben am Zaun tun könnte – manchmal bin ich halt so frei und folge der inspirierenden Musik. Da kann ich vorwärts gehen oder dann auch abrupt die Richtung wechseln.

Bei der Rückkehr wird es dann … na ja … nicht mehr so gemütlich.

Kari begrüßt uns oft schon am Eingang, aber spielen dürfen wir in der Früh noch nicht so, wie es uns gefiele.

Es ist ja so, dass dann alle anderen im Haus aufwachen würden. Hui, das gäbe Ärger für unsere beiden Großen.

Die Kleine bleibt also bei Frauli, und ich lege mich genüsslich ins Betti, bis Herrli aufsteht.

Und so ist die Welt in Ordnung!

PÄMPFFF

Sowas … mit einem Mal musste ich mir andauernd meine Pfoten lecken und beißen.
Das war ganz schön lästig, nee, nicht schön, aber halt sehr lästig.

Tagsüber versuchten meine beiden Großen immer, mich davon abzuhalten.
So hörte ich halt einen Moment lang auf, aber dann biss es mich wieder.
Also musste ich zurückbeißen. Im Zweifelsfall wechselte ich dann schon mal den Raum, um ungehindert zu sein.

Nachts wachte meine Große allerdings auch auf, weil sie meine Unruhe deutlich spürte. Sie legte dann einfach ihre Hand (also ihre Pfote) auf meine Pfoten und strich mir beruhigend über den Kopf.

Eines Morgens ging Herrli dann mit mir zur Frau Doktor. Die ist zwar sehr freundlich, aber ihre Untersuchung hat mir so wehgetan, dass ich aufgeschrien habe.

Sie dachte wohl, ich wollte sie beißen, aber so etwas tue **ich** doch nicht.
Ich will ja auch nicht gebissen werden von irgendjemandem.

Dann hat sie mir eine Spritze gegeben, also so einen Piekser.
Der war zwar nicht so angenehm, aber danach habe ich gleich angefangen, mich ein wenig besser zu fühlen. Und ein wenig müde war ich halt.

Einen Verband habe ich auch bekommen. Na, DER war mir lästig! Da konnte ich mich ja gar nicht mehr ungehindert kratzen! Ich habe natürlich versucht, ihn wieder loszuwerden. Das hat mit den Zähnen auch ganz gut geklappt.

Aber huch, der wurde dann zu Hause gleich wieder ganz gut verpackt – mit der Erinnerung und Ermahnung: „Du bist doch ein ganz gscheiter Manndi, lass die Pfoten schön in Ruhe. Die müssen doch wieder ganz gesund werden!"

Nun, was kann ich erklären? Diese Art von Pämpfff ist eine eher seltene bei Vierbeinern wie mir. Der Körper wehrt sich gegen sich selber (man nennt das so ähnlich wie Auto und was mit immu). Jedenfalls ist es ein vulgärer Pämpfff.

Ich bin zwar was Besonderes, wie meine Großen sagen, aber sooowas hätte ich doch nicht gebraucht!
Meine Ruhe ist mir viel wichtiger.
Nun gut – immerhin darf ich jetzt mein Hundeleben lang diese leckere Medizin fressen. Die riecht wie Pax-Wurst, aber Frauli tut immer noch etwas Gutes hinein für mich. Kari bekommt auch etwas, damit sie nicht traurig wird, aber ohne Füllung.

So hat auch mein vulgärer Pämpfff seine Vorteile, und seit ich meine leckere Medizin bekomme, fühle ich mich auch schon viel besser … naja, nicht immer, aber immer häufiger! Kari weiß von meiner Krankheit und nimmt ganz lieb und mitfühlend Rücksicht auf mein Ruhebedürfnis. Sie ist wirklich eine feine Kleine!

Die blöden Verbände bin ich jetzt los, und zum Ausgehen trage ich feine elastische Schuhchen, damit meine beiden linken Pfoten gut geschützt sind.
Herumliegendes Zeugs auf der Straße kann mir jetzt wurscht sein – es verletzt mich nicht mehr. Aber Zuhause lege ich die Schuhchen mit Freuden wieder ab und kann unbehindert laufen.

Ich verstehe ja nicht, warum Zweibeiner immer solche Schuh-chen tragen, manche sogar mit Klack-Klack. Das muss doch sehr lästig sein, denke ich mir. Und ich fürchte mich auch vor sol-chen Schritten.

Manchmal muss ich ein wenig ausgiebiger Gassi gehen. Das mag wohl auch an der Medizin liegen! Einer von meinen beiden Gro-ßen geht halt auch noch später mit mir … und bei Frauli bekom-me ich sogar noch nach unserer Rückkehr ein Stück von mei-nen Favoriten.

Darauf warte ich auch schon auf dem Treppenabsatz mit meinem überzeugendsten Lächeln.

Sooo schlimm ist Pämpfff also doch nicht für mich – jedenfalls im Moment.
Ich bin ja nicht alleine damit, sondern wir sind zu viert. Das ist fein!

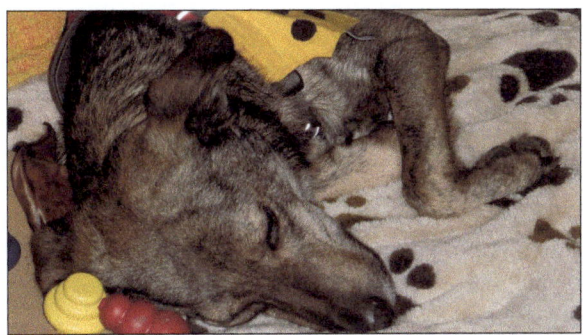

PASCHA

Was ist das eigentlich, ein Pascha?

Ist das etwas Gutes, eine Abwandlung meines Namens wie „Paxilein", eine Auszeichnung, ein Kompliment?

Frauli nennt mich manchmal Pascha, und dann ist sie ganz lustig und lacht dabei, während ich mich noch genüsslich in einem meiner Betti räkle und meine Bereitschaft zu vielen, vielen, vielen Streicheleinheiten kund und zu wissen tue!!!

Zur Erklärung sollte ich vielleicht weiter ausholen, obwohl ich ja kein Manndi großer Worte bin – ich frage mich auch oft, warum Menschen so viel reden, wo doch alles viel schneller klar ist.

Allein der Klang der Stimme, die Melodie der Worte sagt doch schon alles aus! Die meisten merken das nur nicht – schade!

Jedenfalls hatte ich mich nach dem Abendessen zur wohlgefälligen Ruhe begeben.

Hin und wieder kam einer meiner beiden vorbei, blieb kurz stehen, sagte ein liebes Wort und ging dann seinen Dingen nach und ich meinen, nämlich schlafen und träumen. Hei, das war fein.

Einmal, als Frauli vorbeikam (ich kenne ja den Schritt), habe ich kurz und verschlafen die Augen geöffnet. Sie sagte, nachdem sie mir die Wange gestreichelt hatte, nur: „Später gehen wir noch mal Gassi, Pax, später", und dann kehrte ich in meinen Traum zurück. Später, ja später kam sie dann wieder ganz leise vorbei. Hab ich halt mal meine Augen geöffnet. Und klar, diese Streicheleinheiten habe ich doch sofort genossen, logisch!

Den Vorschlag mit dem Gassi gehen habe ich damit beantwortet, mich genussvoll auf den Rücken zu legen und alle Viere von mir zu strecken. Mit dem gewünschten Erfolg natürlich. Ha, das war ne Gaudi! Na ja, das Gassigehen war nun schon ein Thema für meine Große … und bei meiner konstanten Nichtbeachtung nannte sie mich schließlich lachend wieder einmal Pascha. Huuuch, da habe ich mich wieder geräkelt, ganz in Gestreichelt-Werden-Laune … zu Recht.

Als sie dann sagte: „Na komm, sei kein Frosch", wusste ich, jetzt würde es ernster. Das spätere „Oh je, Pax, muss ich denn schon wieder ohne dich Gassi gehen? Ich habe doch mein Kleidi schon an!" (mit hörbarem Gürtelklicken), war mir schon a bisserl schwer, denn ich lasse doch mein Mädi nicht alleine gehen. aber ich weiß auch schon, dass sie ja nach einer Aufzugfahrt wiederkommt.

Aber damit, also mit so einer Fortsetzung des Spiels, hatte ich dann nicht gerechnet: Sie schnappte sich meinen Osterhasen-Quietschi und quietschte mir zu. So was. Na, da war ich aber schnell auf den Beinen, habe mir mein Kleidi anziehen lassen und schwuppdiwupp waren wir schon unten. Und schwuppdiwupp wieder oben, nachdem ich mein Geschäftchen erledigt hatte (so hatte sie es auch versprochen). „Ganz schnell runter und ganz schnell wieder rauf,und dann machen wir es uns ganz gemütlich!" Ja, auf die Versprechen kann ich mich immer verlassen! So war es auch − gääähn.
    Ich bin ich halt ein Pascha, UND meine beiden mögen mich ja auch genau so!
    Ich bin Pax, der Pascha!

PAX REX

Nicht, dass ich auf einmal zu selbstsicher wäre oder auf einmal arrogant würde … aber manches Mal fühle ich mich halt einfach wie ein König, und das ist gar so fein. Morgens werde ich von allen Familienmitgliedern ganz lieb begrüßt und geherzt. Mmmh, dass es so was gibt! So kann doch jeder Tag ein richtig guter werden mit immer neuen Erlebnissen!

Kari und ich gehen getrennt Gassi, und mittlerweile finde ich das auch sehr in Ordnung. Zum einen stört sie mich dann nicht bei meinen Geschäften.

Und zum anderen bin ich mit Frauli meistens früher daheim. Klar, wenn ich alles erledigt habe, hätte ich zwar noch die Freiheit und die Ermunterung, etwas zu unternehmen.

Aber ich frage mich, wozu? Und letztlich habe ich mit Frauli alleine zu Hause meine unschätzbaren Vorteile.

Ich bettle nicht – verstehen wir uns da richtig. Ich gehe halt ganz lässig in die Küche, an bestimmte Plätze und Türchen und schnuppere mal ganz diskret. Bisweilen recke ich dann mal meinen Kopf in die Höhe. Meine Große kennt mich sehr gut. Sie nimmt dann genau die richtigen Köstlichkeiten für mich heraus, bietet sie mir fröhlich, lieb und mundgerecht an und lässt mich in vollen Zügen genießen. Allein das schon bestätigt mich als König.

Wenn die beiden Anderen wiederkommen, schmunzle ich schon munter und genieße den Rest des Tages. Meine Kleine (manchmal Freche) bewundert mich wohl, kaut mir die leckeren Knochen schon vor und überlässt sie mir dann – oft ohne Aufforderung. Und die Spiele mit ihr sind richtig lustig, wir hüpfen und flitzen und schäkern und rasen wieder vom Büro zum Esszimmer, in die Küche zum Trinken, ins Esszimmer, ins Büro – puh, bis wir dann hören: „Nicht so wild, ganz lieb sein!" Dann sind wir halt lieb – weil wir ohnehin schon außer Atem sind und erst mal eine Erholung brauchen.

Das (Fr)Essen wird immer zur gewohnten Zeit zelebriert. Kari hilft gerne mit bei den Vorbereitungen. Danach fragt Frauli, ob wir bereit sind. Aber selbstverständlich! Im Schwuppdiwupp stehen wir vor unseren Näpfen. Die verfressene Kleine ist immer vor mir fertig, aber mittlerweile hat sie gelernt (mit Anleitung), mich nicht zu stören, wenn ich gerade noch genieße. Das Dessert knabbern wir dann gerne im Büro – getrennt und doch zusammen. Anschließend gibt es nichts Königlicheres als eine ausgiebige Siesta.

Aber ich will nicht in Alltäglichkeiten schwelgen, denn die sind wohl für alle Artgenossen gleich – mehr oder weniger. Die sehen halt, aber das ist ja nicht schlimm, hoffe ich. Für uns ist das Nicht-Sehen völlig normal, wir hören mehr, wir riechen mehr, und wir haben jede Menge Spaß – wenn das die anderen wüssten! Erblassen würden die vor Neid, denke ich. Und wir vier gehören zusammen, das ist eh klar!!

Eines noch, und dann begebe ich mich zur Ruhe für heute. Ich habe unendliche Möglichkeiten, mich niederzulegen und zu träumen. Na klar, ich habe mein dickes, weiches Betti … aber dann ist da noch das große Bett, auf das ich ganz elegant springen kann. Dort lege ich mich dann auf Herrlis Kopfkissen, nachdem ich es vorher richtig gemütlich gelegt habe (bis sein Protest kommt).

Oder aber ich bleibe im Wohnzimmer auf meinem süd-östlichen Diwan, wo ich mit allem verbunden bin, aber trotzdem meine Ruhe habe.

Kurz: Hier bin ich Rex, hier darf ich's sein!

PAX-KLOPS

Na, ich weiß nicht, das soll Manndi sich erklären ... Eigentlich
war es ja ein sehr gemütlicher Abend.

Nun gut, Herrli musste zwar noch mal weggehen zum Doktor (und er schien gar nicht begeistert davon), aber wir drei
haben es uns schon gemütlich gemacht. Das habe ich ja am
allerliebsten. Ich bin gleich auf dem Teppich am Eingang lie-
gengeblieben – sozusagen quasi gewissermaßen schon mal als
Empfangskomitee. Kari hat sich zu Frauli an den Eekrebäär gelegt. Vermutlich hat sie sich was zu knabbern erhofft, das kleine
gefräßige Krokodil.

Gab's aber nicht! Es gab etwas viel Besseres. Wir haben himmlische Klänge gehört! Es war Agnes, sagte Frauli, eine Freundin, und sie hätte sehr viel von ihr gelernt. Nein, sowas Schönes! Wir wurden gleich ganz andächtig, denn ihre Stimme war
wohl die eines Engels! Nein, sowas Schönes! Wer das noch nie
gehört hat, der hat gar nichts gehört. Aber wir, wir haben es
förmlich in uns aufgesogen, und hier und da habe ich zufrieden
vor mich hin gegrunzt, Kari auch. Wir sind ja wohl schon etwas ganz Besonderes, dass wir hier Leckerbissen für den Gaumen und fürs Ohr bekommen!

Als Herrli wiederkam, waren wir noch ganz erfüllt und haben
ihn freudig begrüßt. Nachdem unsere beiden Großen auch gefressen hatten (sie nennen das aber wohl anders, macht nichts ...),
haben wir uns gemütlich ins Büro zurückgezogen. Was gibt es
Schöneres. Ich wollte gar nicht mehr mit der Kleinen spielen,
denn ich war noch pappsatt und genährt von der himmlischen

Musik. Frauli sprach dann später das Wort Gassi aus. Grrr, das hat mit Ungemütlichkeit eher zu tun. Da muss ich noch laufen, dann kommen alle möglichen lästigen Knatterbüchsen auf vier oder zwei Rädern vorbei.

Es hat mich nicht gefreut! Also habe ich mich wohlig grunzend auf den Rücken gelegt. Das Ergebnis war natürlich das Gewünschte. Mmmh, ich genieße es, wenn meine Große mich streichelt! Davon kann ich gar nicht genug bekommen! Nachdem ich dann wieder das Wort Gassi geflissentlich zu überhören vorgab, sagte sie doch glatt: „Weißt du was, du bist ein richtiger Pax-Klops", und gab mir lachend einen Schmatzer auf den Bauch. Ah ja? Ah ja??? Hmmm … grunz … gut. Und nach der Wiederholung wusste ich genau, dass ich es gerne bin. Ich bin eben der diesseits sehr be- und geliebte Pax-Rex-Pax-Klops! Wer kann das schon von sich sagen?

Später gingen wir zwei natürlich auch noch Gassi – gut, gut, wenn's denn sein muss … So ein Manndi wie ich hat ja immer seine Geschäfte zu erledigen. Aber allzu weit wollte ich gar nicht mehr gehen. Halt nur so weit wie nötig. Und zum Glück haben wir niemanden getroffen, denn ich habe gerne meine Ruhe bei diesen wichtigen Dingen. Also gingen wir – auf meinen Wunsch – nur hin … und dann wieder her … und dann hin und wieder her … Das war gut und auch von Erfolg gekrönt! So brachte Pax-Rex-Pax-Klops den Abend doch noch zu einem gloriosen Abschluss!

PELLEN-TON

Na, das habe ich ja wohl noch nie gehört. Ob das wohl was mit Wurst zu tun hat? Aber von Wurst habe ich in dem Zusammenhang nichts gemerkt – schade.

Jedenfalls streichelt mich Frauli neuerdings nicht einfach nur so. Nein, sie zieht auch so kleine Kreise auf mir mit ihren Fingerspitzen. Beim ersten Mal war mir das suspekt. So habe ich mich einfach geschüttelt und bin aufgestanden. Aber beim nächsten Mal habe ich diese Aufmerksamkeit schon genossen.

Mittlerweile suche ich hier und da schon ihre Aufmerksamkeit und Nähe. Eigentlich immer öfter, denn das gibt mir ein Gefühl von Geborgenheit. Sie nennt mich dann manchmal „mein Schmunzelhase", vermutlich weil ich so friedlich schmunzelnd vor ihr sitze oder liege und einfach genieße.

Hat also auch wieder nichts mit Wurst zu tun. Das ist nicht so schlimm, denn die bekomme ich ohnehin am Morgen mit der Pax-Medizin. Und so ein kleines, feines Frühstückchen erfreut mich dann schon nach unserer Morgenrunde, bei der ich in Ruhe überall Zeitung lesen und auch schreiben kann.

Neuerdings genieße ich das öfter auch schon mehr. Gut, gut, gut. Ich bin schon noch aufgeregt, was mich da alles erwarten mag auf unserem Weg, aber schon etwas weniger! Vor ein paar Tagen habe ich auf einmal den Kleinen vom Haus gegenüber gerochen. Der hat mich sonst immer kolossal aufgeregt. Aber auf einmal war da diese Wahrnehmung, Frauli hat mir gleich den Kopf, die Ohren und den Brustkorb gestreichelt.

Da habe ich nur noch mal Luft geholt, kurz gegrunzt – und das war's dann schon! Schließlich kann ich mich ja nicht mit jedem dahergelaufenen Dackel abgeben. Wohin kämen wir denn dann?

PKP

Ihr fragt euch, was sich wohl hinter dieser geheimnisvollen Abkürzung verbergen mag? Ich werde es euch erzählen nach und nach, denn es ist im Grunde ganz einfach zu erklären.

Also: Der Tag begann ganz normal und friedlich, wie jeder gewohnte Tag. Ich liebe gewöhnliche Gewohnheit, denn sie gibt mir ein behagliches Gefühl der Sicherheit. Herrli, Kari und ich, Pax, sind wie immer gemütlich aufgestanden, und es war wie immer mein Vorteil, dass Frauli gleich bereit war zum Ausgehen. Ich bin morgens da gar nicht anspruchsvoll oder gar unternehmungslustig, aber man hat halt seine Geschäfte zu erledigen.

Danach habe ich aber gleich wieder nach Hause gesteuert, weil mir das Frühstück ein kleines Anliegen war. Wenn meine beiden Cappuccino trinken und vielleicht gar ein Menschenkeksli fressen, habe ich zur Gesellschaft schon mal gerne einen Hundekeks (meine Kleine freilich auch!). Anschließend wollte ich wie immer mit ihr fröhlich spielen.

Aber dann … na sowas … mit einem Mal wurde unsere Idylle empfindlich gestört durch so ein extrem lautes und anhaltendes Klingeln. Na, was glaubt ihr – den habe ich aber ausgebellt mit meiner kräftigen Tenorstimme! Wie die Fanfaren auf der Festung erschallte das! Wer wagte es, uns einfach zu stören? Meine beiden versuchten durchaus, mich zu beschwichtigen, dass alles in Ordnung sei, aber wenn ich mich gestört fühle, dann soll das auch jeder gleich d e u t l i c h hören!

Kari blieb nach den erklärenden Beruhigungen auch ganz still (sie will ja sowieso immer ganz lieb sein).

Dann, ja dann kam Frauli von der Eingangstür wieder zurück. Sie stellte einen Karton auf den Boden, den wir natürlich gleich mit der Nase vermessen haben, wir sind ja gscheit und informieren uns. Frauli erklärte: „Das ist ein Paket für Pax und Kari – ein Paket für Pax und Kari! Wollen wir es auspacken?" (aha, soso: ein PKP,!). Logisch: Kari wurde schon ganz aufgeregt und wirbelig. Ich, als Manndi, bewahrte die Fassung … nach außen … aber hei, war ich gespannt, was da wieder Gutes für uns wäre. Nach und nach wurde alles ausgepackt und gezeigt. Da gab es einen Frosch mit Quietschi und zwei Seilen für ein Kräftemessen zwischen uns beiden. Dann noch einen kleinen Wuschelquietschi. Heißa! Ihr könnt Euch vorstellen, wie da die Musik losging bei uns!

Zwischendurch, so ganz auf leisen Sohlen und unauffällig, ging ich mal am Paket vorbei und steckte diskret meine Nase ganz hinein zu den vielversprechenden Wohlgerüchen. Mjamm, mjamm … zum Glück gab es dann bald eine erste Kostprobe. Ganz gerecht wie immer: eins für Pax und eins für Kari … und wir versanken in einer Knabberorgie von Rinderkopfhaut. Oh, war das lecker, wir haben uns auch ganz genüsslich und schwelgerisch die Lippen geleckt hinterher. Und schon ging unser mütiges (nicht über-m.) Spiel weiter, war das ein Spaß! Später im Laufe des Tages tauchten auch die anderen Köstlichkeiten auf.

Wir waren rundum zufrieden und glücklich. Das war uns wohl mehr als deutlich anzusehen! So haben wir nach der Mittagsmahlzeit lange, lange, lange geschlafen, um dann wieder munter weiterzuspielen, Gassi zu gehen und und und. Ein Ereignis und eine Freude folgten der anderen hui war d a s schön! Vielleicht kommt ja irgendwann wieder mal ein PKP. Darauf freuen wir uns schon, denn es gibt ja dann immer wieder etwas Neues, Schönes zu entdecken.

REGEN

Also, eines muss ich doch mal ganz deutlich anmerken: Regen mag ich nun überhaupt gar nicht gerne. Da geht man(ndi) runter trotz Müdigkeit ... doch nur, weil noch was Geschäftliches zu erledigen wäre. Und dann wird man(ndi) direkt vor der Tür von so beharrlichen nassen Tropfen von oben belästigt. Da vergeht einem doch alles! In solchen Fällen drehe ich mich vorzugsweise direkt wieder um und gehe hinauf. Ja ja, was du heute könnt'st besorgen, das verschieb getrost auf morgen! Da ich ja keine Blase habe wie ein junges Mädchen, geht das ohne Weiteres! Keine Sorge!

Lästig nur, dass ich trotz des Misserfolges natürlich die Füßchen abtrocknen muss ... und überhaupt, denn ich bin ja pitsche-patsche-nass (sagt Frauli). Das ist ein eindeutiges Wort, das ich gut verstehe. Es hat ja denselben Klang wie meine Pfoten, wenn ich in die Pfützen trete. Ich widersetze mich zwar erst einmal (ganz kurz), aber eigentlich ist es mir gerade angenehm, wenn ich hinterher wieder frisch und trocken und fein bin. Fein sein mag ich sehr! Dann schüttele ich mich noch einmal als Manndi von Welt und wende mich am liebsten einer leckeren Überraschung zu. Es ist ja immer wieder spannend. Vieles kenne ich ja nun schon, aber manches nicht so genau ...

Das ist dann fein, wenn wir wieder daheim sind, die Regentropfen an die Fensterscheiben klopfen hören, aber es uns ganz gemütlich machen. Da kann nichts passieren, und alles ist in Ordnung. Das mag ich, und es tut gut, denn so manches verunsichert mich doch noch ganz unvermutet im Laufe des Tages draußen.

Aber meine beiden Großen geben mir dann gleich die Gewissheit, dass es halt nur ein dunkles Auto ist, das schläft oder ein Radl, das da steht und schläft. Hmmm, ja, schlafen ist gut, das tue ich auch sehr gerne! Gut auch, dass meine beiden eine so verständliche Sprache sprechen: wenige Worte, aber Worte, die mir vertraut sind! Das gibt wieder neues Vertrauen!

Also, Regen mag ich überhaupt gar nicht gerne. Ich warte jetzt erst einmal auf den nächsten Sonnentag, an dem wir unsere Welt wieder neu erobern. Und dann erzähle ich mehr von meinen Duft- und Hör-Erfahrungen, meinem Zeitung lesen und so …

SCHNEE

Vor ein paar Tagen fing mit einem Mal dieser kalte Schlamassel an. Ich ahnte gar nichts, obwohl ja die Luft ein wenig anders roch als sonst. Aber: Kaum vor der Türe angekommen, sank ich mit meinen Pfötchen auch schon in diese klirrend kalte, zunehmend höhere Masse ein. Brrr – ich ging erst mal ganz vorsichtig, zögernd, Schritt für Schritt. Da Frauli ja schon seit meinem Geburtstag krank war, musste Herrli samt seinem schiebbaren Wagen mit mir gehen. Bei jedem Schritt machte es unter meinen Pfoten quitsch-quatsch in diesem Mitsch-Matsch. Ich erfuhr dann, dass dieses kalte Zeug wohl „Schnee, die weiße Pracht" genannt wird.

Weiß ist also wahrscheinlich nichts Gutes, aber da ich ja blind bin, kann ich mir keine genauere Vorstellung davon machen. Na, jedenfalls mag ich „weiß" und „Pracht" so ziemlich und gewiss nicht! Und, bitteschön – wo sollte ich denn wohl hier meinen Geschäften nachkommen? Nach längerer Suche – es war ja nicht einmal irgendwo Gras zu riechen – habe ich halt irgendwie irgendwo meine Visitenkarte hinterlassen, obwohl man ja nirgends wirklich bequem stehen konnte.

Hocken konnte man auch nicht so richtig in anderer Sache … Also: „Weiß" und „Schnee" will ich nicht.

Es war auch nicht so richtig lustig, Gassi zu gehen. Wo hätte ich denn bitte etwas Interessantes entdecken können. Kaum hielt ich meine Nase interessiert irgendwo hin, pitsch, da wurde sie auch schon wieder kalt und nass. Das Gehen fiel mir nach einer Weile schon leichter, denn man ist ja flexibel und passt sich dem unangenehmen Untergrund an. Da hatte ich dann auch keine Furcht mehr. Nur: Vergnügen stelle ich mir anders vor und kenne es ja auch schon anders. Wo es ungemütlicher werden könnte, höre ich dann auch immer: „Aufpassen!", und schon weiß ich Bescheid.

Jedenfalls war ich nicht undankbar, nein eher sogar heilfroh, als wir wieder nach Hause gehen konnten, wo es warm und gemütlich war. Vor der Türe habe ich mich erst einmal aus Herzenslust geschüttelt – zum einen, um den Ärger loszuwerden, und zum anderen, um mich vom Schnee zu befreien. Meine Große hat mich dann gleich mit einem weichen Hundehandtuch abgewischt. Mmmh, das war eine richtige Wohltat! Ich bin dabei auch – und das ist bei mir gar nicht so selbstverständlich – ganz geduldig stehen geblieben und habe es einfach genossen.

Als Herrli und Kari dann Gassi gehen wollten, habe ich noch einmal meine übliche Vorstellung gegeben und getan, als wollte ich mitgehen. Papperlapapp, nichts dergleichen wollte ich, war ich doch froh, mich gemütlich von dieser „weißen Pracht" zu erholen im Warmen und mich mit meinen Hühnerfilet-Streifen genussvoll zu stärken. Die sind ja nur für mich, und ich liebe sie sehr. So konnte ich dann später wenigstens dann frisch gestärkt mit meiner Kleinen spielen.

Warum es diesen Schnee gibt, weiß ich nicht, obwohl ich das Wort „Winter" nun schon oft gehört habe. Aber: Müssen wir deswegen Schnee haben? Also weiß ich auch ganz genau, dass ich Winter und Schnee gar nicht gerne habe! Schnee tut meinen Pfoten weh, und er schmeckt meistens nach Salz. Oder ich habe überall keine Steinchen an den Ballen, die auch wehtun. Schnee? Winter? Nein danke – ich verzichte und warte auf die schöne Zeit, wenn es wieder Blumen und frisches Gras gibt!

SONNTAGS-STÖRUNG

So ruhig fing der Sonntag zunächst an. Ich habe ganz genüsslich mal länger geschlafen als üblich.

Als ich dann gemütlich aufstand, wusste ich schon, dass Frauli fertig war. Das hatte ich schließlich über die witzigen zwanzig Meter hinweg genauestens gehört. Auch hatte ich natürlich gehört, dass sie die Wohnungstüre aufgeschlossen hatte. Na, das war mein Einsatz. Ich war schnell zur Stelle, um mein Kleidi anzuziehen. Meine Große war auch im Schwuppdiwupp bereit, und so konnten wir gleich aufbrechen.

Ich bog nach der Haustüre wie meistens nach links ab – als Nichtsehender geht man ja am liebsten und möglicherweise vertraute Wege – und wieder links zu unserer Wiese. Soweit, so gut und friedlich! Dann ging ich wie immer weiter zu einer kleineren Wiese und schließlich zur gegenüber liegenden Wiese! So steh ich halt ganz vergnügt, begutachte das Gras und bin ganz auf meine kleinen Geschäfte konzentriert. Da kommt doch plötzlich ganz leinenfrei so eine Kleine angelaufen und beschnuppert mich ganz ungeniert nach Herzenslust. Na, so was Zudringliches!

Frauli sagte noch ganz gelassen: „Alles in Ordnung, Pax, ihr zwei kennt euch ja schon." Das war mir aber sowas von wurscht; ich hatte doch ganz anderes im Sinn. Und diese kleine Schnupperliese fand kein Ende ... sie erwartete wohl was von mir. Na ja, das kann ich noch verstehen, denn schließlich bin ich ja ein ganz Schöner und ganz Gescheiter! Ihr Frauli kam und kam nicht … und ich wollte nichts provozieren. Also erstarrte ich einfach. Ich atmete, bewegte mich aber ansonsten keinen Millimeter und blieb stumm.

Da ich sie ja nicht sehen konnte, war ich halt logischerweise momentan gar nicht anwesend – pah! Endlich kam dann auch ihr Frauli – diese zwei Minuten erschienen mir schon als Ewigkeit – und wollte sie weiterlotsen. Das war ihr zwar weniger recht, aber sie folgte ganz brav. Pah … kaum waren die beiden ein paar Meter entfernt, habe ich diese kleine Kröte aber ordentlich ausgebellt – was ihr denn eingefallen wäre, mich zu belästigen, ich wäre doch schließlich geschäftlich unterwegs (und wünschte nun dabei keinerlei Störungen). Ich habe sogar den Ansatz gemacht, sie zu verfolgen und gründlich auszuschimpfen, Frauli hat mich da schon ganz energisch zurückhalten müssen.

Nach ihrer eindeutigen Versicherung vertraute ich dann schon darauf, dass wirklich alles in Ordnung war, und wir konnten die gewohnten Pfade weitergehen. So konnte ich endlich alles in Ruhe und ohne weitere Störungen erledigen. Die Ruhe ist mir überhaupt und gerade da ganz, ganz wichtig. Das muss doch wohl jeder verstehen können. Jedenfalls konnten wir anschließend noch genüsslich eine kurze Runde drehen und dann daheim nach dem Rechten schauen.

Aber wir waren trotz vorgerückter Morgenstunde eigentlich die einzigen richtig Wachen. Also mussten wir noch warten. Das machte gar nichts. Man roch die erwachende Stadt und ahnte, dass es bald auch im Haus ein wenig belebter werden würde. Als Mensch könnte man auch dann schon niesen, husten, hin und her spazieren, mit normaler Stimme reden … Aber als Hund muss man da schon Rücksicht nehmen, um nicht unangenehm aufzufallen und gerügt zu werden.

Nach einem kleinen Pax-Frühstück ziehe ich es in solchen Fällen dann auch vor, einfach noch ein wenig zu dösen – allzeit bereit, wieder auf der Matte zu stehen. Aber dann, als Herr-li und die Kleine auch endlich geruhten, aufzustehen, konnte der noch gemütlichere Teil des Tages beginnen! Wir genossen unsere Kekse (das sind die, die Herrli und Frauli nicht fres-sen) und hielten danach eine feine, meditative Knabberstunde. Da ich es ja vorher überhaupt nicht kannte, genieße ich unse-re Vierer-Runde total. Hier bin ich Pax – hier darf ich's sein!

SPANNENDER TAG

Na, war das ein aufregender Tag gestern! Überhaupt führe ich sehr spannendes Leben, in dem immer etwas Neues und Aufregendes passiert. Es begann damit, dass Herrli sich am Morgen die Jacke anzog. Upps, dachte ich, da stehe ich doch gleich auf, damit er mir mein Kleidi anzieht zum Gassi gehen. Weit fehlt; er ging, sagte „Baba, Pax", und schloss die Tür. So was ... ich war schon enttäuscht!

Aber Frauli war ja bei mir zum Glück! Dann klingelte es plötzlich, Frauli ging zur Tür und ich sprang natürlich mit einem Bellen auf. Schließlich war ich neugierig und musste sie ja auch beschützen. Tja, Frauli sagte nur: „Moment, Pax", und ließ mich warten. Später zeigte sie mir ein Paket, das eigentlich nach gar nichts weiter roch und informierte mich: „Alles deins, Pax" (den Satz kenne ich!). Das Auspacken und Einsortieren in bestimmte Kisten machte ich mit ihr, und das überzeugte mich dann doch! Schließlich kenne ich mich ja perfekt aus und weiß, was wo steht. Sie gab mir auch gleich eine leckere Kostprobe: knackige Streifen vom Hühnchenfilet. Ich war begeistert! So ein kleiner Appetithappen am Vormittag ist doch wirklich was Besonderes!

Zur gewohnten Zeit reichte Frauli mir später mein Mahl. Es war Bio-Lamm mit Reis, mmmh, war das köstlich. Ich habe den Fressnapf blitzeblank geschleckt. Nun ja – als blinder Hund im Tierheim musste man schließlich damals sehen, wo man blieb und ob man was Gescheites erwischte. Als Dessert gab es dann noch zwei Stücke getrocknete Rinderlunge. Oh, die liebe ich, weil sie so knusprig und doch so zart sind! Knusper, knusper, knäuschen, und weg waren sie. Ich habe mir genussvoll die Lippen geleckt, und auch Frauli war begeistert über meine Freude.

Als wir dann anschließend zu Oma-Frauli gingen (nach dem Gassigehen), war ich rundum zufrieden! An der Ecke, wo wir nach rechts abbogen, trafen wir eine Dame. Sie blieb stehen, ich blieb stehen, nachdem ich alles erschnuppert hatte. Eine spontan angenehme Begegnung! Zu Frauli sagte sie mit ganz lieber Stimme: „Ich flirte mit ihm – mit den Augen." Freilich musste Frauli hier aufklären (obwohl sie das als kluge Frau natürlich direkt wusste, aber sie wollte wohl meine Geschichte hören), dass ich blind bin; ich trage ja auch an beiden Seiten von meinem Kleidi ein Blindenlogo, damit jeder Zweibeiner auch gleich weiß, dass ich blind bin und seine Hunde nicht mit meinen starren Augen bedrohe. Nein, nein, wenn ich drohen oder warnen will, dann belle ich schon entsprechend. Ansonsten schwänzle ich halt fröhlich vor mich hin. Das hatte ich hier auch getan …

Frauli und die nette Dame unterhielten sich auch spontan ganz fröhlich, obwohl wir uns noch nie begegnet waren. Sie kannte auch den Ort, von dem ich gekommen bin, Chania. Na ja, mag wohl ein netter Ort sein, aber nur weil Costoula dort wohnt, die mich dort aufgenommen und versorgt hat. Freilich haben mich die anderen Hunde dort nie so richtig ernst genommen, weil ich halt nichts sehen konnte.

Wie dumm die waren – schließlich kann ich doch noch mehr riechen als sie und viiiieeel besser hören! Und im Übrigen habe ich einen genauen Sinn dafür entwickelt, welcher Mensch was taugt und wer nicht! Was glauben die denn? Wer blind ist, ist doch nicht blöd! Er sieht halt nichts, hat aber als „gscheites Manndi", das ich ja bin, hervorragende Möglichkeiten! Oh ja!

Na ja, jedenfalls war das eine sehr schöne Begegnung. Vielleicht treffen wir sie ja mal wieder, das würde uns freuen!

Bei Oma-Frauli war es wie immer. Sie ist halt sehr alt und sehr krank. Da halte ich mich halt ganz diskret zurück und mache es mir auf dem Teppich gemütlich. Wenn Frauli mich lieb bittet, mal eben aufzustehen, tue ich ihr sehr gerne den Gefallen. Ich habe dort auch meine Zweit-Näpfe, und Frauli nimmt manchmal etwas Feines zu Mittag oder Abend mit. Danach gingen wir nach Hause. Oh ja, ich habe ein richtiges Zuhause jetzt, von dem ich jeden Millimeter genau kenne. Herrli und Frauli sind ja auch so gescheit, immer alles am selben Platz zu lassen und das ist mir eine große Hilfe. So stoße ich nie irgendwo an, sondern kann putzmunter um jede Ecke gehen.

So dann, so gut. Nach meinem ausgiebigen Mittagsschlaf (wie toll – ganz ruhig, ohne Störungen) und Spaziergang erhielt ich mein köstliches Abendessen. Ich habe den Napf natürlich wieder blitzeblank geschleckt. Danach gingen wir drei wieder zu Oma-Frauli. Nachdem sie gegessen hatte, kam ein fremder Mann, ein Doktor. Na, den habe ich nicht an- sondern richtig ausgebellt. Der war mir gar nicht recht! Ich weiß nicht, warum – aber der war mir doch sehr suspekt. Vielleicht hat er mich an irgendjemanden von früher erinnert???

Wieder zu Hause waren wir drei dann rechtschaffen müde. Ich habe es mir dann wieder recht gemütlich gemacht, das liebe ich ja sehr und meine beiden Großen auch. Huu, ich könnte noch viel erzählen oder gar aufschreiben. Aber meine Geschichten sind ja noch lange nicht zu Ende …

SPIELEN

Nach den ersten Gassi-Gängen und vor dem nächsten verdienten Schlaf: Heißa! Da geht's aber rund, ganz kunterbunt. Es ist meistens richtig lustig, mit Kari zu spielen, denn sie ist ja noch so jung und unbefangen. Da turteln wir und knabbern Öhrchen und knutschen wie die Weltmeister. Dann aber ... husch ... huiii ... dann geht die wilde Jagd durch die halbe Wohnung los. Rette sich, wer kann! Runter vom Sofa, rauf aufs Sofa, runter vom Sofa, nach links zum Esszimmer, in die Küche.

Hier trinken wir einen Schluck zur Stärkung – na ja, der Schluck ist bei der Kleinen wohl eher schon ein Liter. Aber dann: Ins Esszimmer wie die Gejagten, nach rechts und ins Büro! Rauf aufs Sofa, necken, rangeln, knabbern, genussvoll knurren. Wenn ich dann allzu temperamentvoll werde, reißt die Kleine aus, flitz flitz flitz ins Esszimmer, in die Küche, ins Esszimmer, in den Flur, ins Büro, in den Flur, ins Esszimmer, in die Küche, ins Esszimmer ... puh, dann erst mal verschnaufen. Ich flitze natürlich wie der geölte Blitz hinterher, versteht sich.

Huuuch – Dann ist aber mal wieder Pause angesagt, und wir legen uns in getrennte Ecken, um wieder zu Luft zu kommen ... und um später wieder von vorne zu beginnen. Kennt ihr Langeweile? Wir nicht! Bei uns ist was los! Nur kommt zwischendurch mal eine Ermahnung: „Nicht so wild", oder „Ganz lieb sein." Jaja, wir sind ja auch total lieb ... eigentlich. Nur heißt das bei uns auch toben, so ist das halt. Wir sind wie die Wölfe, huhuuuuuuu.

Bei dem Tempo, das wir vorlegen während unserer Jagden, sind wir aber niemals irgendwo angestoßen, nicht im Geringsten. Unsere Sensoren sind – ich will ja nicht angeben – mindestens so präzise wie die der Fledermäuse. Na ja, wir fliegen zwar nicht, aber wir rennen, als ob ein Jet abhöbe – ohne Zögern und ganz spontan und frei. Hier **sind** wir ja auch frei und daheim. Also müssen wir überhaupt gar nichts scheuen oder gar fürchten. Ist das nicht herrlich?

Das ausgiebige Spiel ist natürlich für das kleine Krokodil das Optimum, denn sie wurde ja als so was wie gemischter Jagdhund geboren und hat einen unglaublichen Bewegungsdrang. Das hat sie mir schon voraus, denn ich schätze es eigentlich besonders, wenn es recht gemütlich ist. Aber mir tut das Toben wohl auch gut, damit ich nicht zu träge werde. Ich bin ja ein Manndi in den besten Hundejahren!

Nun, hinterher rasten wir einfach und konzentrieren uns auf das Wesentliche: das Schlafen und dann auf das leckere Fressi, das wir uns ja sicher auch verdient haben, meine ich.
Das wird natürlich zelebriert. Wir verfolgen die Vorbereitungen, die wir riechen, hören und erklärt bekommen. Dann ertönt der Löffelgong zweimal. Frauli dreht sich zu uns um und fragt: „Seid ihr bereit?" Und ob wir bereit sind, wir stehen schon vor den Plätzen unserer Näpfe! Jeder von uns bekommt seinen Wunsch für einen guten Appetit und die Versicherung, dass alles für sie/ihn ist.
Nach dieser Aufgabe heißt es für uns, schlafen, ausgiebig schlafen, damit wir für unser nächstes Spiel auch wieder recht gut erholt sind und Kräfte gesammelt haben. Jaja, das Leben ist wohl ein Spiel, und ich merke zusehends, dass ich doch sehr gerne spiele!

SPRACHEN

Manchmal können selbst Menschen neue Sprachen lernen – manchmal leicht und manchmal schwer.

Dann denken sie leicht, wir Vierbeiner wären böse, nur weil sie uns nicht auf Anhieb verstehen können. Ich habe da so meine Erfahrungen, oh ja.

Wenn ich früher zu Frauli an den Komm-Pjuuuter ging, sagte sie erst immer: „Ganz ruhig Pax, gaaanz ruhig", oder auch „Jetzt gibt es nichts zu fressen, Pax", und bei weiteren Wünschen meinerseits sagte sie schließlich auch schon mal: „Wir wollen doch jetzt nicht streiten, Pax, sei ruhig jetzt."

Meine Große hat schnell „Hund" gelernt ... zumal sie ohnehin mehrere Sprachen kennt, versteht und spricht. Um nicht zu übertreiben – natürlich **spricht** sie mit mir in ihrer Sprache „Mensch", aber sie vertraut sich auch immer mehr mit meiner Sprache. Für sie wird meine Sprache immer deutlicher und verständlicher!

Schaut: Die meisten Zweibeiner denken ganz einfach, dass wir Hunde schlicht bellen. Weit gefehlt.

STÜRMISCH

Ihr fragt, was das ist, ein Sturm? Ich wusste das auch nicht. Genau betrachtet, kannte ich vieles nicht, als ich hierher in mein richtiges Zuhause kam. Jetzt, nach über einem Jahr, bin ich schon ein richtiger Experte. Ich kenne Regen, der ist so pitschepatschenass. Hier haben wir ziemlich oft Regen, und er ist nicht gemütlich. Aber Frauli trocknet mich immer nach dem Gassigehen dann mit einem ganz weichen Handtuch ab, sodass mir dann wieder ganz behaglich ist.

Schnee habe ich schon ganz am Anfang kennengelernt ... und Eis auch ... und Salz ... pfui. Da brennen dann meine Pfoten so. Das habe ich nicht so gerne. Nein: Ich mag es überhaupt nicht!

Sommer kenne ich auch. Da wird es dann so bullig heiß, dass ich mir ganz frank und frei die kühlste Ecke bei uns suche! Ja, hallo? Ich bin ja schließlich Pax! Sommer ist die Zeit, wo ich es mir ganz gerne ganz besonders gemütlich mache. Die Ausflüge auf den Balkon sind mir dann ebenso nett, wie lästig, weil dort ja die Sonne scheint.

Nun wäre ich fast vom Thema abgekommen – kein Wunder, es gibt ja so vieles anzumerken – Sturm. Ja, der Sturm fing gestern an. Heimtückisch ist das, wenn mir die Luft so um die Ohren weht, um die Nase und um den Hals. Dann muss ich manchmal auch plötzlich „Hatschi" machen, und ich werde ein wenig unsicher auf meinen Beinen, selbst bei meiner geringen Höhe. Wer weiß, wie es wohl meinen beiden Großen da oben geht, denn die sind doch viel höher als ich ... Ob denen nicht schwindelig wird? Na ja, Herrli kann sich ja an seinem Auto zum Schieben halten. Frauli muss hingegen balancieren gegen den Sturm. Ich habe es gut, denn ich kann ja ganz dicht bei einem von beiden gehen. So bin ich auf jeden Fall geschützt, und mir kann nichts passieren. Wenn wir daheim sind, spüren wir den Sturm nicht mehr. Wir hören nur allzu deutlich, wie er um die Dächer der Häuser pfeift, die Dächer teilweise anscheppert und die Fensterläden wackeln lässt. Vor diesen Geräuschen fürchtet sich Kari besonders. Sie ist halt doch noch jung, und sie hört tatsächlich noch besser als ich!

Nein, Sturm ist wie ein Wurm, er kriecht um jede Ecke. Er schwingt sich auf zum Turm, schaut, wo ich mich verstecke. Jetzt denkt ihr, ich wär wohl ein Pöt? Nein, nein, ich bin doch Pax, nicht plööt …
Nun ehrlich: Bei Sturm fühle ich mich auch ganz anders. Ich klappe Teile meiner Öhrchen ein und gehe einfach auf Sendepause. Wenn ich dann wieder auftauche, habe ich Appetit auf irgendwas, ich weiß nicht was. So habe ich mich einfach heute mal an Herrlis rechte Seite gesetzt (links saß schon das kleine Krokodil) und sehnsüchtig das Maul nach oben gestreckt. Ha, so habe ich auch mal ein Stückchen von Herrlis Butterbrot probiert. Nicht schlecht … aber anderes ist mir doch viel lieber!

Jedenfalls: Sturm ist ungemütlich, sehr ungemütlich, und da bleibt man lieber drinnen, wenn man gerade nichts Geschäftliches zu erledigen hat. Zumal es heute zu allem Überfluss auch noch geregnet hat. Es war wohl weißer Regen (sagte Frauli). Pitschepatschenass war ich so oder so hinterher, und die Farbe war mir natürlich von Herzen egal!

TISCHSITTEN

Für die Abendmahlzeit habe ich mir eine gewisse Ruhe angewöhnt. Nicht von ungefähr – denn wenn Herrli mit Kari Gassi geht nach meiner Rückkehr, dann genieße ich leidenschaftlich einen kleinen Imbiss mit meinen ganz speziellen Favoriten. Also habe ich dann zur üblichen Fressi-Zeit noch nicht so einen großen Hunger. Ich nehme die Glocke und die Düfte zur Kenntnis, grunze wohlig und drehe mich noch einmal zum Schlaf.

Es ist ohnehin meistens Kari, die drängelt zur Vorbereitung zum Fressi. Na, die hat ja immer Hunger.

Nur, wenn dann die Vorbereitungen laufen, kommt die Kleine neuerdings wieder zurück ins Büro und knabbert genüsslich an ihrem Knochi (sind wir ehrlich: Es ist Rinderkopfhaut, die wir beide sehr mögen). Kehren wir zum Anfang zurück. Wenn also die Glocke ertönt (es ist natürlich der Löffel am Napf) und Frauli zweimal kurz unsere Namen ruft, dann wäre es Zeit, aufzustehen – gerade zum Mittags-Fressi flitzen wir oft in die Küche.

Abends hingegen kommt Frauli dann in so einem Fall von Nichtbeachtung völlig entspannt zu uns Faultierchen und weist uns noch mal auf das leckere Fressi hin. Kari hat neulich einfach weiter gemalmt … solange bis Frauli ihr das Knochi weggenommen hat mit dem Versprechen, sie bekäme es nach dem Fressi wieder. Ein Schnappen der Verwunderung, aber sonst keine Reaktion von der Kleinen. Später sind wir dann alle ins Fresszimmer gegangen, weil unsere beiden Großen ja auch Hunger hatten.

Beim erneuten Angebot an uns hat Kari immer noch so getan, als wäre sie nicht interessiert (wer's glaubt …). Jedenfalls bin ich dann lässig zum Napf gegangen und habe nach unserer vertrauten Zeremonie mit Freude gefressen. Erst nach mehrfachen Ermunterungen durch Frauli ist dann die Kleine auch gefolgt und erhielt ihr Knochi natürlich zurück hinterher!

Am nächsten Tag wiederholte sich dasselbe Spiel. Nur hat die Kleine wohl schon verstanden, dass es nicht nach ihrem Belieben läuft. Sie hat dann sogar noch Herrli angebettelt um einen besonderen Leckerbissen … aber ohne das gewünschte Ergebnis.

Am dritten Tag habe ich ihr dann entschlossen gezeigt, wie die Tischsitten bei uns sind. Nach der Einladung bin ich entschlossen zu meinem Napf gegangen und habe gefressen. Kari ist noch an der Küchentüre sitzen geblieben. So ist's recht! Wer ist denn der Ältere? Als ich fertig war, hat Kari gewagt, an ihren Napf zu gehen, nachdem sie zuvor eine Krümel-Kostprobe an meinem Napf genommen hat … vermutlich zum Vergleich. Anscheinend wird die Kleine langsam erwachsen, sonst würde sie ja nicht solche Sperenzchen ausprobieren.

Nach diesen drei Tagen ist alles wieder normal geworden. Nach der ersten Einladung lassen wir uns gerne von Frauli abholen, weil das immer lieb und lustig ist. Aber dann … dann flitzen wir in die Küche wie die Weltmeister. Wir stellen uns in Vorfreude vor unsere Näpfe, genießen die Zeremonie: „Pax und Kari, seid ihr bereit?" Und wie! „Guten Appetit, Kari, alles für dich", und dann „Guten Appetit, Pax, alles für dich". Mmmh, dann schmeckt es uns aber! So was Gutes! Manchmal erhalten wir auch noch ein besonderes Dessert.

Da ist es mehr als recht, die Tischsitten auch ganz fein einzuhalten, wie es sich gehört.
    Wir sind wohl auch zwei ganz Besondere und unsere Großen haben uns auch besonders lieb.

ÜBEN, ÜBEN, ÜBEN

Verstehen wir uns recht: Damit meine ich natürlich nicht mich. Ich bin doch schon ein großer, gscheiter Manndi, und sowas war ich noch nie gewohnt. Ich habe wohl auch nie, bis jetzt, so richtig unbefangen spielen gelernt. Nein, nein, ich sprach selbstverständlich von Kari. Die hat so recht Spaß daran, Neues mit meinen beiden Großen zu lernen. Anfangs bekam sie **immer** ein Leckerli bei Erfolg, mittlerweile bekommt sie es ab und an. Aber ihr Eifer ist trotzdem nicht zu bremsen.

Bei „Kari, sitz!", nimmt sie postwendend elegant ihren Sitz ein. Der Aufforderung „Kari, Platz!", folgt nach Anfangsschwierigkeiten nun umgehend ihre Gemütlichkeit. Und – wenn sie mal gerade nicht mittrippelt – den Ruf „Kari, hier", genießt sie, um sich ihr Lob abzuholen. Da bin ich zugegebenermaßen erheblich lässiger. Warum sollte ich denn auch nach Einladung sitzen oder platzen (upps, Platz nehmen)? Nur der strikten Aufforderung „Pax, halt!", und dem „Pax, aufpassen!", folge selbst ich brav, weil beides mich vor Gefahr bewahrt. Das „Pax, laaangsaam!", höre ich je nach Dringlichkeit … meistens …

Ja, vielleicht bin ich auf meinen Vorteil und meine Gemütlichkeit bedacht. Aber, bitteschön, wenn Frauli nur mal still an ihr Bein klopft und sich entfernt, dann bin ich sofort bei ihr. Dann gibt es nämlich etwas von „Nur-für-dich-Pax" -Hühnerfilet-Streifen, und das will ich mir ja nicht entgehen lassen.

So was Gutes – und nur für mich, das macht mich schon stolz!

Tja, aber wir sprachen vom Üben. Auch Unbefangenheit, auch spielen, selbst das will geübt sein.

Da hat es die Kleine offensichtlich besser, denn sie ist ja noch so jung und von frischer Neugierde. Und sie hat offensichtlich nicht so viel erlebt wie ich. Zwar habe ich keine Erinnerungen, aber die Hemmungen verschiedenster Natur sitzen tief in mir. Ich bin nicht unbefangen – vielleicht durfte ich es nie sein. Und es fällt mir schwer, zu spielen. Vielleicht durfte ich nie einfach spielen als Kleiner?

Als ich zu meinen beiden kam, fand ich aber gleich ein Spiel vor, ein Holzbrett mit so einigen Hüten. Darunter roch es teilweise sehr einladend – mjamm. Also habe ich mich nicht lange bitten lassen und bin der Einladung gefolgt. Das war ja auch ganz einfach, einmal mit der Pfote drüber gewischt und wusch, schon lagen alle Leckerlis frei für mich. Jetzt haben Kari und ich noch ein anderes Spiel. Das ist schon eine Herausforderung.

Das hat zwar nur vier Würfel, aber jeder muss auf eine andere Weise geöffnet werden, damit man an die Leckerlis kommt. MmmhHmmm … das erfordert das Geschick eines gscheiten Manndis oder Mädis! Dass es so was gibt! Das ist schon spannend und auch lustig. Fein haben wir es, es gibt immer etwas Neues zu entdecken und zu erfahren. Mal sehen, was wir morgen entdecken!

ÜBERRASCHUNGEN

Ich habe gelernt – jaja, ich habe gelernt, Überraschungen zu lieben! Anfangs war ich ja immer sehr skeptisch, wenn meine beiden Großen mir etwas Neues mit hörbarer Begeisterung angekündigt haben. Huch, war ich verunsichert. Aber jetzt, nach dieser langen, langen Zeit (es sind immerhin schon sechs Monate), freue ich mich schon. Auch wenn ich nicht ganz verstehe, worum es eigentlich geht und was eintreffen oder sich ereignen wird. Ich freue mich einfach wie ein Kind, das ich ja nicht mehr bin (und vielleicht auch nie so recht sein konnte). Hei, das ist lustig, Kind sein zu dürfen!

An dem betreffenden Tag selber kommt nach der Morgenbegrüßung noch einmal die begeisterte Ankündigung, und ich fange schon noch einmal an, mich zu freuen. Frauli sagt immer, dass ich dann lächle wie ein Schmunzelhase. Ich bin zwar kein Hase, sondern Pax, aber das mit dem Lächeln mag schon sein. Ansonsten gebe ich mich natürlich zunächst mal männlich gelassen, schlafe, spiele mit der Kleinen und schlafe wieder.

Aber dann: Sobald es klingelt (ein helles, schrilles „drrrrring"), na, aber dann belle ich, was die Kehle aushält. „Wuff, wuff, wuff – welcher Lästian stört denn jetzt unsere Ruhe?" Unsere beiden Großen beschwichtigen dann gleich, dass alles in Ordnung ist, aber die Aufregung bleibt zunächst. Kari ist immer die Erste, die bei dem Paket ist. Offen gestanden … pssst … ich bin dann suchend sofort der Zweiterste. Nicht, dass ich auspacken wollte, schließlich bin ich ja ein Manndi. Außerdem ist Kari da schon übereifrig.

Nein, nein, aber ich schnuppere natürlich auch über und in den Karton und weiß schon, dass da etwas ganz Gutes für uns ist, auch meine „Nur-für-dich-Pax". Wir bekommen natürlich immer gleich eine Kostprobe aus dem Paket. Das ist super-super-superfein! Hei, so lasse ich mir den Tag gefallen. Wir knuspern und knabbern dann so fröhlich vor uns hin, und die Welt ist in Ordnung!

Ein anderes Ereignis ist natürlich, wenn Frauli einkaufen geht. Das teilt sie uns immer mit, und sie sagt auch: „Ich bringe auch etwas für Pax und Kari mit." Na, da freuen wir uns doch doppelt, wenn sie heimkommt! Wenn ich nicht gerade wieder schlafe. Meistens bringt sie uns leckere Hundekekse mit oder Ochsenziemer. Das ist fein, superfein, supersonderextrafein. Versteht sich, dass wir nach dem Mittagessen eine Kostprobe bekommen! Ein Dessert sozusagen, denn wir genießen ja mittlerweile kleine Menüs.

Erwähnte ich schon? Ich liebe Überraschungen!!! Sie geben mir und inzwischen uns das gute Gefühl, ganz besondere Gefährten zu sein, die aufrichtig geliebt werden wie Kinder. Wow, wuff, ich darf Kind sein, obwohl ich doch schon ein großer gscheiter Manndi bin. Und in meiner Freude darf ich schmunzeln bis über beide Ohren, ich darf schmatz-knackend die Überraschungen in mich hinein schleckern. Und ich darf mich dann wohlig räkeln, auf dem Rücken alle Viere von mir strecken und die Streichelwärme genießen!

UNPÄSSLICH

Vor ein paar Tagen hat es mich überrascht. Eigentlich war es ein zunächst guter, gemütlicher Tag wie immer. Morgens war ich mit meiner Großen geschäftlich unterwegs, dann hatten wir ein Frühstückchen. Anschließend ist Kari wie immer mit Herrli Gassi gegangen, während ich meinen absoluten Favoriten genießen konnte. Bei Karis Rückkehr war ich dann auch entsprechend gestärkt, denn die Kleine ist ganz schön temperamentvoll. Na, was erzähle ich lange? Bis gegen Abend war der ganze Tagesablauf völlig normal und wie üblich.

Nach unserem Abend-Fressi haben wir auch noch lustig gespielt. Doch mit einem Mal … huch, da wurde mir so komisch und … pluppp … da rief Herrli auch gleich nach Frauli. Sie hat alles gleich geregelt und mich sogar noch getröstet, obwohl ich ja so was verursacht hatte. Uiii, war mir das peinlich! Herrli ist auch gleich mit mir nach unten gegangen, denn oben musste ja noch alles wieder fein gemacht werden. Unten konnte ich dann wenigstens eine gute Portion Gras fressen zur Verdauung.

Auch wenn Tierärzte das gar nicht gerne sehen und deutlich davon abraten, ist das Gras für mich wie ein Digestif. Nach einer guten Portion fühlte ich mich dann auch erst mal wohler, und wir konnten nach oben gehen. Ich musste nur immer und immer wieder meine Pfoten lecken, damit konnte ich gar nicht aufhören; denn so nervös war ich immer noch. In mir war alles in Aufruhr. Nun gut, wir gingen dann auch Betti heiti. Nur meine Große blieb noch am Computer.

Das war auch ein Glück, da ich später … ziemlich später … noch einmal nach vorne ging, um zu sagen, dass ich unbedingt noch mal runter gehen müsste – ganz dringend. Glücklicherweise hat sich Frauli auch ganz schnell ihr Kleidi anziehen können, und husch waren wir weg. Es muss wohl nach halb zwölf gewesen sein, hörte ich am nächsten Morgen. Als wir nach Mitternacht zurückkehrten, war Kari noch wach. Sie hatte sich wohl Sorgen um mich gemacht.

Na ja, nach einigem Hin und Her und Her und Hin waren wir dann wohl erst um viertel nach eins im Bett. Frauli hat wohl in **der** Nacht überhaupt nicht so richtig geschlafen, denn ich habe sie nicht mehr ins Bett gehen gehört. Am nächsten Morgen, ich hatte schon meine Geschäfte wie immer erledigt, ist Herrli dann mit mir zur Frau Doktor gegangen. Nach der Untersuchung bekam ich dann eine Spritze gegen das leichte Fieber und Tabletten für meinen Magen.

Zu fressen gab es ganz wenig an dem Tag … und das war mir auch recht so. Mein Bauchi musste ja auch erst einmal zur Ruhe kommen! Zum Spielen war ich an diesem Tag und auch an den darauffolgenden gar nicht so aufgelegt. Ich wollte einfach meine Ruhe haben und schlafen. Kari war das schon recht fad, denn sie wollte ja Spiel, Spaß, Spannung. Hmmm … zum Glück konnte sie halt mit Frauli spielen und öfter mal auf den Balkon gehen. Jetzt im Frühjahr sind ja wieder ganz neue und immer neu spannende Düfte wahrnehmbar.

Kari ist ja ein richtiges Schnuppertierchen – ich zwar auch, aber etwas weniger. Vielleicht hat eine der Kugeln auch meine Nase ein wenig beeinträchtigt damals, wer weiß. Jedenfalls hat die Kleine auch ihre Unterhaltung gehabt. Nach und nach geht es mir ja auch schon wieder besser, ich habe richtig guten Appetit und vertrage mein Fressi wie vorher. Heißa, dann werde ich wohl bald schon von Neuem toben können mit meiner Kleinen, denn das ist lustig – nicht ganz so lustig, wie ich es gerne hätte … aber dafür ist Kari halt doch noch zu jung!

UNSCHLÜSSIG

Und an manchen Tagen weiß ich überhaupt gar nicht, was ich will.

Na klar, ich gehe gerne morgens mit Frauli Gassi … wenn's sie freut.

Ehrlich gesagt: Pssst, ich habe ohnehin ein deutliches Anliegen, aber das mussman ja nicht gleich an die große Glocke hängen.

Dan presche ich auch gleich eindeutig zur Wohnungstüre, Frauli schnappt sich flugs mein Kleidi, und wir ziehen es an.

Frauli zieht noch rasch ihren Gürtel an, verbindet sich mit mir und husch,los geht's.

Na ja, gar so husch?

Kaum sind wir vor der Wohnung, bleibe ich erst einmal auf dem Treppenabsatz stehen und schnuppere mich in den Morgen.

Gähn, und da ich ja eigentlich noch müde bin, setze ich mich erst einmal auf die oberste Stufe.

Während Frauli mich dann früher, damals, zunächst einmal aufhob, ist sie nun erheblich raffinierter geworden: Sie setzt sich einfach neben mich und wartet. Zwischendurch sagt sie schon, dass **ich** doch Gassi gehen wollte.

Nach einer Weile steht sie wieder auf, sagt: „So, jetzt gehen wir!", und geht dieersten Stufen hinunter.

Ojojoj … soviel Munterkeit habe ich noch nicht – und ein wenig eifersüchtig frage ich mich schon, warum eigentlich Herrli nicht mit mir geht, sondern immer mit der Kleinen.

Also bleibe ich halt einfach sitzen. Wie eine beleidigte Leberwurst?

Ja, mag schon sein.

Nun aber: Wenn Frauli dann wieder zu mir kommt und sagt „Nee, nee, nee, Pax,das ist gar nicht gscheit", und mich wieder auf die Beine stellt, dann weiß ich, dass ich das Pokerspiel nicht gewonnen habe.

Also steh ich halt auf und schreite hinunter. Ja, „schreiten" ist das richtige Wort. Wenn man schon mal das Spiel verloren hat, so muss man wenigstens die Würde behlten und zeigen.
Und eigentlich bin ich schon ganz froh, wenn ich zu meinem Glück sanftgezwungen werde.
Vor der Haustüre beschleunigen sich dann auch meine Schritte merklich.
Hier und da noch rasch eine Visitenkarte lesen und dann aber: ab auf unsere Wiese.

Nach der ersten Erleichterung – im wahrsten Sinne des Wortes – informiere ich mich noch über meine möglicherweise künftigen Favoritenplätze. Na ja, so einige habe ich natürlich schon. Außerdem habe ich natürlich außerordentlich gerne meine Ruhe bei solchen Angelegenheiten.

Ruhe, Ruhe, Ruhe … Wenn ich wohl meine notwendige Ruhe gehabt habe und mein verdientes Lob in Empfang genommen habe, laufe ich los! Nur wohin?

So erwäge ich die durchaus attraktiven Vorschläge wie „zur nächsten Wiese" oder „heim zu Herrli und Kari".
Hmmm … wenn ich's wüsst. Gehen wir halt erst mal heim. Aber vor dem Nachbarhaus angekommen, lockt mich dann doch wieder eine Wiese. Vielleicht habe ich ja doch etwas versäumt zu erkunden. Lieber noch mal überprüfen!
Nee, nichts Neues, also gehen wir lieber frühstücken.

Denn wenn unsere beiden Großen Kaffeeli trinken und vielleicht Menschenkekse dazu fressen, dann bekommen Kari und ich den ein oder anderen leckeren Hundekeks. Die würden mich ja reizen … aber vielleicht warte ich erst mal auf den nächsten Keks? Oder dann später auf einen feinen Knochen?

Wenn der kleine Staubsauger auf vier Beinen mir wieder was wegfrisst, bekomme ich einen Ersatz. Eventuell sogar so einen „Nur-für-dich-Pax"-Hühnerfilet-Streifen?

UNVERSCHÄMT DICK???

Herrli meint neuerdings – also seit ich diesen komischen Pämpfff habe – ich wäre dick geworden. Also … so richtig unverschämt dick! Frauli widerspricht dem sofort vehement jedes Mal. Uiuiui – das wird nicht gerne gehört! Na ja, sagen wir so: Seit diesem Pämpfff habe ich mehr Hunger als vorher. Aber ich fresse nicht mehr, dafür sorgt meine Große. Einmal, aber nur einmal habe ich mich auch an Karis Fressnapf bedient, als ich gerade unbeobachtet war. Oh je, oh je – da wurde ich aber sofort gerügt von Frauli, als ihr das auffiel.

Ich hätte es ja noch mal probiert, aber auf das entschiedene frauliche „nee, nee, nee, Pax, das machen wir aber nicht!", habe ich dann sofort reagiert, noch einmal kurz getestet, ob das auch ernst gemeint war. Oh ja, es war ernst gemeint. Also dann eben nicht – dann habe ich halt an meiner Rinderkopfhaut energisch weitergeknabbert. Das war ja auch gut! Und beim Kauen wurde ich auch satt.

Ansonsten fresse ich genau wie immer das leckere Fressen für uns Sensitive.

Da haben meine Kleine und ich auch immer wieder eine leckere Abwechslung jeden Tag. Ob Rind, Wild oder das leckere Lamm, ob die gute Pute oder Huhn – uns schmeckt alles wunderbar. Wohl hat die Kleine mittlerweile ihre eigenen Gewohnheiten. Das ist, seit ich diesen blöden Pämpfff habe …

Auf einmal mag sie mittags nicht immer fressen, nicht immer.

Das verstehe ich schon. Ich bin halt manchmal müde und möchte lieber schlafen als spielen. Wohl geht sie dann mit Frauli auf den Balkon und macht dieses oder jenes mit ihr. Aber sie hat ja wirklich eine unerschöpfliche Energie, die doch nicht so recht erschöpft werden kann. Sie ist trotzdem sehr verständig und fügt sich.

Abends fressen wir dann auf jeden Fall beide, manchmal sogar gleichzeitig. Zwar wird das Fressi immer für uns beide serviert, also zelebriert, aber Kari ziert sich dann erst einmal. Aber dann! Es schmeckt ihr ja, aber sie hat so ihre eigenen Gewohnheiten entwickelt. Frauen! Ich bin da ja ganz elegant konzentriert. Erst fresse ich die eine Seite im Napf, dann die andere Seite. Das hat Stil. Kari ist da viel ungestümer. Sie frisst mal links, mal rechts und in der Mitte. Bei ihr hat das kein System, sondern sie schnappt sich immer ihren Lieblingshappen heraus.

Und dann trinken wir unser leckeres Wasser von angenehmer Temperatur. Auch hier bin ich sehr edel und gesittet. Ich genieße einen Schluck nach dem anderen. Die Kleine stürzt sich immer darauf, und SchlabberDiBabber ist der halbe Napf leer und der Raum getränkt. Nun, das ist wohl eine Temperamentsfrage. Ich bin halt der Ruhigere von uns beiden und werde auch nicht gar so gerne zugetextet. Da stöhne ich nur mal kurz auf und ziehe mich dann wieder zurück.

Unverschämt dick? Nein – das bin ich nicht – und auch mein Kleidi passt mir ganz normal. Im Übrigen habe ich an den heißen Sommertagen sogar weniger gefressen. Da war mir ohnehin alles viel zu beschwerlich.

Na, und wenn ich nur immer mal wieder meine Favoriten habe, dann bin ich schon glücklich. Die sind ja nur für mich, und sie machen auch nicht dick, wie ich von meiner Großen weiß. Auch so ein vierbeiniger Manndi lernt immer wieder etwas Neues!

VERTRAUEN

Ich kenn mich nicht mehr aus. Ver-prügeln, ver-jagen, ver-treiben – oje, oje, oje! Das ist ja wohl alles nichts Gutes. Keine Ahnung, was ich so alles erlebt habe, bis auf die über 20 Schrotkugeln, die eine ganz nette Frau Doktor aus meinem Kopf entfernt hat. Ver-prügeln habe ich wahrscheinlich erlebt; denn noch immer fürchte ich jede Art Stock, den ich riechen kann. Größere Gegenstände, die nicht fest auf dem Boden stehen, machen mir noch immer Angst. Manche Arten von Autos oder Motorräder oder flitzende Fahrräder machen mir noch immer Angst.

Aber Ver-trauen? Dieses „auen" hört sich für mich eigentlich ganz gut an, wie Miauen. Miauen habe ich schon öfter gehört, das hat etwas Schmeichelndes, Kuschliges. Ob ich wohl miauen könnte? Ach Unsinn, ich bin doch ein Hund, ein gscheiter Manndi. Drum kommen wir lieber wieder zum Thema zurück. Trauen vielleicht??? Am Anfang meiner Zeit hier zu Hause habe ich mich überhaupt nicht getraut, irgendetwas zu tun oder irgendeinen Wunsch anzudeuten Selbst nicht zum Gassi gehen … Dann war mir nur immer das Unvermeidliche sooo peinlich.

Nun aber traue ich mich schon! Ich kann meine Anliegen vorbringen – jederzeit. Ich kann meine Wünsche äußern – jederzeit. Ich kann schlafen oder spielen – jederzeit. Ich kann sogar meinen Ärger äußern – jederzeit. Zu allem erhalte ich dann die entsprechende Antwort, die aber immer sehr, sehr freundlich und liebevoll ist. Heißa, das macht mir ein richtig gutes Gefühl. Ich darf sein wie ich bin, und alles ist in Ordnung. Und wenn meine beiden Großen das sagen, dann stimmt das auch, und es ist alles in Ordnung.

Wenn ich mal so richtig mies und schwach fühle, denn lege ich mich gerne zu Herrli ins Büro. Da bin ich geschützt und werde auch gestreichelt und getröstet. Ist es hingegen schon später am Abend, dann lege ich mich gerne zu Frauli an den Computer, denn sie ist ja meistens länger wach als wir. Da ist es dann auch gemütlich und ganz ruhig. Frauli hätschelt mich dann auch ... und meine Welt ist gleich wieder viel freundlicher. Wenn ich mich gar zu schlecht fühle, geht sie sogar ganz spät noch mit mir runter zur Wiese.

Ich bin also nie mutterseelenallein, sondern finde immer meinen Ansprechpartner, der dann auch ganz für mich da ist – ohne Wenn und Aber. Und selbst wenn ich gerade wieder mal jemanden ausgebellt habe mit meiner kräftigen Stimme. Das mache ich meistens bei unbekannten Menschen oder Ereignissen, oder aber bei Lärm. Und für mich ist die Welt schon voll mit fast unerträglichem Lärm.

Hier sollte ich wohl aufklären: Ich bin zwar blind, sehe also gar nichts. Aber die Ohren, die sind verlässlich. Wir Hunde hören ja mehr als doppelt so viel und deutlicher als Menschen, nehmen auch elefantös Infratöne wahr. Die sind für Menschen gar nicht hörbar, aber uns sind sie eine klare Quelle der Information. Also, wenn Menschen gar zu laut reden, so ist das für uns fast schon eine akustische Körperverletzung.

Meine beiden Großen wissen das, und sie verstehen das genau. Wenn ich dann so recht erschrocken bin, weil es klingelt oder weil so laut geredet wird oder weil es donnert oder weil ein Vogel auffliegt, dann kann ich mich zu meinen beiden Großen flüchten. Wenn sie mir dann erklären: „Damit haben wir nichts zu tun", oder „Es ist alles in Ordnung", ja, dann höre ich schon am Klang ihrer Stimmen, das nichts passieren kann und das das stimmt.
    Darauf kann ich vertrauen – meiner Familie kann ich vertrauen!

WÄHLERISCH

Man darf sehr wohl sagen, dass ich nach zehn Monaten bei meinen beiden Großen sehr wohl auch ein Qualitätsbewusstsein entwickelt habe – oh ja! Es war ja von Anfang an immer alles sehr köstlich, und ich habe immer in kleinen Bissen genossen. Ich schlinge ja nicht so wie das kleine Krokodil, das fünf Monate später zu uns kam. Ich bin halt ein Genießer. Nur haben wir bemerkt, dass mein System insgesamt ein sehr sensibles ist und mein Magen schon mal nervös reagieren kann. Also habe ich mich jetzt letztlich für das sensible Futter entschieden. Und das war auch gut so.

Bei den Vorspeisen oder Desserts habe ich auch so meine Favoriten entdeckt, nachdem ich vieles gekostet und für vernachlässigenswert befunden habe. Kari hingegen frisst gnadenlos alles – Hauptsache, sie hat etwas zum Kauen. Große Knochen sind mir zu langweilig und auch zu anstrengend für meine Zähne. Ich fresse auch nicht so jeden Keks, der vielleicht angeboten wird (manchmal auch im Café). Nun gut, so sind meine beiden natürlich auch beruhigt, weil ich auf der Straße oder Wiese nichts Suspektes fressen würde.

Also: Meine Große hat das schon herausgefunden, was ich wann warum mag. Sie lernt wohl meine Sprache. Rinderkopfhaut mag ich sehr, vor allem, wenn Kari sie schon vorgekaut hat (wir haben da so eine Art Zusammenarbeit entwickelt ohne viele Worte). Und Ochsenziemer sind natürlich noch edler. Auch die gefüllten, gerollten Hundekekse habe ich schätzen gelernt, besonders zum Frühstück.

Und am aller-allerliebsten sind mir freilich meine „Nur-für-Dich-Pax", diese wunderbaren Streifen vom Hühnerfilet. Ich weiß genau, wo die liegen, und wenn ich dahin gehe, bekomme ich auch bald welche.

Ich finde es übrigens auch ganz gut oder jedenfalls hin und wieder gut, so ein bisschen krank zu sein, denn dann gibt es die leckere Leberwurst-Medizin. Mjamm, mjamm. Da schlecke ich doch alles, alles von der Hand und lecke mir genüsslich die Lippen. Kari bekommt natürlich auch etwas, weil ja Gerechtigkeit herrschen muss und natürlich auch herrscht! Manchmal, wenn ich während ihres Spazierganges (ha … -ganges? …-rennens!) viel von meinem Hühnerfilet gefressen habe, überlasse ich ihr sogar noch den ein oder anderen Keks von mir.

Obwohl ich die ja auch sehr schätze! Es hat also weniger mit Großzügigkeit zu tun, als mit vollem Bauch. Aber das muss man ja keinem sagen. „Ein Geheimnis braucht der Mensch", hat schon mein Herrli geschrieben. Okay – Mensch, aber: Ob Mensch oder Tier ist ja nicht so wichtig, wir unterscheiden uns halt durch die Anzahl der Beine. Und ein kluger Zweibeiner hat ja mal gesagt: „Ein Hund bleibt dir im Sturme treu, der Mensch nicht mal im Winde." Na ja, meine Menschen bleiben mir in jedem Falle treu, das haben sie schon mehrfach bewiesen. Oder sind sie am Ende Vierbeiner?

Aber wir sprachen anfangs von Qualitätsbewusstsein. Böse Zungen könnten auch sagen, ich wäre wählerisch. Wenn ich doch die Möglichkeit habe, mir etwas Feines, ganz besonders Gutes, auszusuchen, dann nutze ich sie auch ganz präzise … in aller Höflichkeit und Feinheit, versteht sich. Aber bei uns daheim habe ich ja auch das entsprechende Selbstbewusstsein. Das zeige ich dann auch und nehme schmunzelnd und glücklich meine allerelegeanteste Sitz-Position ein!

WAHR-NEHMUNG

Ihr meint, das hieße doch anders? Nein, nein, weit gefehlt! Mit Verlaub: Wir Vierbeiner haben den Zweibeinern doch so einiges voraus, zumal blinde Hunde wie Kari und ich.

Wir sehen zwar nicht und reden auch nicht viel, aber unsere wichtigsten Sinne sind ausgesprochen ausgeprägt, weit mehr als die der Menschen. Wenn man schon bedenkt, dass wir zum Riechen etwa 250 Millionen Riechzellen haben und der arme Mensch nur so etwa 25 Millionen ...

Wir nehmen WAHR, denn was wir riechen, ist unsere Wirklichkeit. Und die ist ungemein breit gefächert! Ich liebe es besonders morgens, mich so durch meine/unsere Welt zu schnuppern. Das ist besser als Zeitunglesen. Natürlich hinterlasse ich auch meine Visitenkarte überall, damit auch jeder oder jede mich wahrnimmt im Vorbeigehen. Wo kämen wir da hin, wenn nur jeder Fremdling seine Hinterlassenschaft machte und ich als Einheimischer nicht.

Ich rieche die Gräser gerne – zum Teil dienen sie mir auch ab und an als Digestif. Aber auch die anderen, selbst die an den Gartenmauern oder an den Häusern sind schon hochinteressant und erzählen mir lange Geschichten. Ach, das ist alles doch sehr spannend, und selbst meine Große, die sich ja redlich bemüht, es nachzuvollziehen, schafft es nicht. Sie kann es ja gar nicht schaffen, weil sie halt Mensch ist. Da muss man Geduld haben.

Wahr ist zweifellos auch die Sache mit dem Hören. In den tiefen Frequenzen ist noch kein Unterschied zwischen uns. Aber dann, im oberen Bereich, da bin ich der absolute Sieger. Immerhin höre ich auf jeden Fall 60.000 Hert. Wahrscheinlich hören Kari und ich sogar bis zu 100.000 Hz, weil wir ja blind sind. Das ist in diesem Fall ein enormer Vorteil. Wir hören sozusagen Flöhe husten, hihi. Nein, im Ernst, wir hören präzise und können unsere Ohren auch ausrichten nach der Geräuschquelle.

So sind uns die Ohren eine hervorragende Orientierungshilfe. Und – gar nicht so schlecht – wir können ausfiltern, das heißt, wir konzentrieren uns auf das Wesentliche. Das muss schlimm sein für unsere Großen, dass sie hemmungslos mit allem Geräusche-Wirrwarr zugedröhnt werden müssen. Ich kann Schrittfolgen ganz klar zuordnen und höre, wo sich der andere gerade befindet. So höre ich exakt, wann Frauli oder Herrli nach Hause kommen und wo sie sich gerade befinden.

Nur ein Beispiel will ich euch erzählen: Wenn Herrli uns Kari vom Spaziergang zurückkommen, höre ich sie schon von der Straßenecke her, Frauli hört sie immerhin, bevor die Türe aufgeschlossen wird. Sie sagt mir dann, dass ich aufstehen muss, wenn die beiden die Treppe hochkommen. „Na klar“, sage ich innerlich und bleibe ganz gemütlich liegen. Wozu die Eile? Kari, wie ich sie kenne, würde in so einem Fall direkt ganz eifrig zur Türe rennen.

Gemach, gemach. Es ist ja so, dass das Auge nur schätzen kann. Das Ohr hingegen misst – es irrt nicht, sondern ist immer ganz verlässlich und präzise! So erscheint es mir meistens auch gar nicht so schlimm, dass ich nicht sehe. Schließlich nehme ich die Wirklichkeit wahrer als es Sehende jemals könnten.

WIEDER NORMAL

Also, Frauli war ja lange, lange, lange nicht bei uns. Wir hörten, dass sie sehr krank sei und im Spital. Das waren insgesamt volle zwei Monate, und wir haben sie sehr vermisst. Zwar war Herrli nervös, aber total lieb zu uns. Leckere Sachen durften wir zusätzlich zu unserem normalen Fressen auch probieren. Das war fein! Wir sind zwar bescheiden, aber wir wissen Gutes sehr zu schätzen!

Herrli wollte mit uns einmal in seinem Auto zu Frauli ins Spital fahren zu Besuch. Er setzte sich auf seinen Sitz und lud Kari und mich auch dann ein, einzusteigen. Hui – Frauli hätte ich so gerne wieder getroffen,.aber ein Auto mit mir macht mir eine Riesenangst (warum und woher auch immer). Meine Kleine ist ja immer sehr wissbegierig (ich nenne es neugierig). Aber in diesem Fall wollte auch sie um keinen Preis einsteigen (obwohl sie ja Frauli liebt).

Sodann: Wir mussten Herrli bleiben lassen, obwohl es uns schwerfiel. Mehr Zeit zog noch ins Land. Eines überraschenden Tages kam dann auf einmal Frauli mit zwei unbekannten weiblichen Zweibeinern. Heißa – was für eine Überraschung! Ich hatte schon ihren bekannten Schritt auf der Treppe erkannt, langsam zwar, aber entschlossen. Ich hatte schon einmal laut meine Pax-Begrüßung gestartet, und Kari wurde ganz wirbelig. Herrli brachte uns zur Ruhe.
Dann kam SIE.

Frauli hatte wohl Tränen in den Augen (so sehr kenne ich ja ihre Stimme), und sie begrüßte uns mit derselben Freude wie wir sie. Kari ist ja so eine Schlabbertante – ich bin da diskreter als Manndi.

Nach kurzer Zeit und langen Gesprächen verabschiedete sich meine Große mit den beiden Fremden wieder. Sie sagte aber lieb: „Kurze Zeit nochmal Spital, aber ganz, ganz bald bin ich wieder immer bei Euch, und dann wird alles wieder schön und lustig." Was Frauli verspricht, stimmt immer.

So war es dann auch! Wir mussten noch eine Weile warten … aber dann. Dann war es soweit, und meine Große war für IMMER wieder bei uns! Zwar hatte sich für sie so einiges verändert, ABER Sie zog mir wohl mein Kleidi an, aber Kari und ich gingen weiterhin mit Herrli. Frauli sagte uns Baba, und bei unserer Rückkehr begrüßte sie uns freudig. Beim Fressen bereitete sie uns all die leckeren Sachen zur vertrauten Zeit vor. Jeder Tag war geregelt! Frauli ging nicht mehr aus, aber ganz überraschend bekam ich eines Tages ein ganz neues Kleidi, weil mein ltes von selbst zu klein geworden war (von ganz alleine …). Das neue war bequem und drückte überhaupt nicht!

Kurzum: Meine Welt war wieder normal geworden, und ich genoss jeden Tag ganz neu. Mit Herrli war es schön vorher, aber nun waren wir wieder ganz komplett. Wenn ich in der Nacht wach wurde, spazierte ich ganz unauffällig hinüber zum Bett von meiner Großen, um zu sehen, ob sie auch noch da wäre. Aber wenn ich ihren Atem hörte, war ich gleich beruhigt und wanderte wieder zu meinem Bett, nachdem ich noch einen Schluck Wasser getrunken hatte. Übrigens: Nach der Nacht sind immer Frauli und ich die Ersten am Morgen. Das sind sehr vertraute Momente, die nur uns gehören!

WIEDER GEBURTSTAG

Nun bin ich schon lange hier zu Hause, ja zu Hause – und ich weiß gar nicht mehr, ob ich jemals nicht zu Hause war, HIER zu Hause war, denn hier fühle ich mich wohl!

Meine beiden Großen haben mich sehr lieb. Jetzt ist für mich wieder ein ganz besonderer Tag. Wie ich hörte, bin ich nun drei Jahre hier und heute ist mein Err-uuzag. Ich muss wohl sechs oder sieben Hundejahre alt sein, also ein großer und erwachsener Manndi.

Ich könnte ja vorgeben, kein Interesse zu haben. **Aber** das wäre gelogen und für Frauli sowas von durchschaubar.

Natürlich gibt es an so einem besonderen Tag auch ein ganz besonderes Frühstückchen für uns vier, denn Kari fühlt ja auch das Besondere des Tages.

Es versteht sich, dass ich dann ein Geschenk bekomme, mit freudig-feierlichen Worten.

Natürlich muss mein kleines Krokodil auch nicht traurig oder neidisch werden, denn sie wird ja auch überrascht mit einem kleinen Geschenk zu **meinem** Fest.

Je nun – Oma-Frauli feiert jetzt im Himmel mit uns …

Meine Kleine ist zum ersten Mal bei uns zu so einem Fest – und sie wird schon nach und nach lernen, wie unsere Welt ist … eine Welt voller Überraschungen!

Sie muss auch keine Angst mehr haben, denn auch sie wird geliebt von unseren beiden Großen.

WUFF – HALLO, HIER IST PAX (WALTER)!

LIEBE FREUNDE, VOR ALLEM LIEBE COSTOULA!!!

Na, das muss ich euch doch erzählen. Also, vorgestern sind wir wieder zu Oma-Frauli (Mutter vom Herrli) gegangen! Treppen laufe ich übrigens jetzt wie ein Weltmeister, ich bin mächtig stolz auf mich und höre auch immer: „Fein, Pax". Die acht Stufen rauf, neun Stufen runter hier bei uns sind ja auch schon ein Kinderspiel. Und drüben elf und zwölf und zwölf Stufen erst rauf und später runter schaffe ich jetzt sehr elegant, oh ja!

Nun denn. Vorgestern hat Oma-Frauli mir so lieb Wurst angeboten, dass ich gar nicht widerstehen konnte. Na ja, peinlich war es mir dann schon später … ich hatte mich halt überfressen … oh, oh, das hatte seine Folgen.

Gestern habe ich dann einen Fastentag eingelegt und ausgiebig nur geschlafen. Frauli hat mir hin und wieder ein wenig Wasser mit der Hand gereicht, und das war gut so. Am Abend dann, ich lag in meinem weichen Bettchen, sagte Frauli wie immer: „Mach es dir gemütlich, Pax". Oh – das Wort hat einen wunderbaren Klang für mich! Gesagt, getan. Ich fühlte mich ohnehin so schwach und hilflos wie ein Kind. Also habe ich sie beim Wort genommen … (sie hatte es wohl anders gemeint, wie ich beim „Nein, Pax" hörte) … und schwupp, schon war ich im weichen, warmen Bettchen von Herrli und Frauli. Ach, ging es mir da gut, ich habe mich sooo beschützt gefühlt! Herrli sagte nur noch: „Komm a bissel rüber, Pax, damit Frauli auch noch Platz hat". Na klar, das habe ich sehr gerne getan, ich bin ja schließlich ein „Feiner" oder auch „ganz Feiner", wie ich immer höre! Mmmh – das war eine gemütliche und kuschelige Nacht! Heute habe ich mich schon viel besser gefühlt, an meinem leckeren Knochen geknabbert, und Frauli hat extra für mich Reis gekocht. Nun denn: Mit zwei Löffeln Fleisch schmeckte er dann auch richtig gut!

Also, die beiden habe ich adoptiert! Oh ja! Das wollte ich nur erzählen! Wenn einer von beiden gerade mal weggeht, bin ich schon traurig, aber ich freue mich riesig, wenn ich dann den fahrbaren Käfig höre und danach den Schlüssel in der Tür. Dann erwarte ich sie schon freudig wedelnd und begrüße sie fröhlich (sie mich natürlich auch – versteht sich!).

Mal sehen, was ich morgen unternehme – schließlich lerne ich täglich ganz neue Dinge. Mit all den schönen und intelligenten Spielen mache ich mich auch nach und nach vertraut. Das ist lustig, und schließlich bin ich ja auch, wie ich hörte, ein gscheites Manndi!

Jetzt mache ich es mir wieder gemütlich (oh, ich liebe dieses Wort!).

Liebe Costoula und liebe Freunde, ganz liebe Grüße von mir – Petra und Harald schließen sich mir natürlich an (schließlich sind wir ja eine Familie).

Euer Pax (Walter), der neue Österreicher

WUNDERLICHE MOMENTE

Es gibt sie wohl, diese Tage und Augenblicke, wo ich recht unentschlossen bin. Ich stehe auf, gehe ein paar Schritte, lege mich nieder, grunze kurz, stehe auf, gehe ein paar Schritte … und lege mich schließlich doch wieder nieder. Dann recke ich den Kopf mal eben, um die allgemeine Lage zu sondieren. Aber ich äußere keine weiteren Wünsche, weil ich sie selber nicht recht weiß … Meine beiden Großen versuchen dann wohl, mein Anliegen zu erraten. Wenn sich kein Ergebnis zeigen mag, dann lege ich mich halt mal vertrauensvoll auf den Rücken.

Oh, wie ich das genieße, nach Herzenslust gestreichelt zu werden! Das könnte liebend gerne ewig andauern. Eine wahre Wonne, die mich auch schmunzeln lässt. Ist das gemütlich, kuschelig, behaglich! Ach, so was Gutes braucht ein Manndi wie ich auch mal – was heißt mal? – und ich erhalte es ja auch morgens, mittags, abends, zur Nacht. Mmmh, ist das ein Leben! Hier bin ich, und hier bleibe ich auch auf ewig!

Gut, dass diese wunderlichen Momente, die ich auch gerne auskoste, unseren Tag nicht beeinträchtigen. Wenn das kleine Krokodil aufwacht, bin ich ohnehin wieder hellwach … na ja, bis zum nächsten Schlaf … denn die ist manchmal ganz schön anstrengend, die Kleine, für einen Erwachsenen wie mich. Aber kein Problem, denn wenn ich Pause haben will, dann knabbert sie einfach wieder an ihrem Knochen. Das sei ihr vergönnt. Dann hat sie wenigstens eine Kaubeschäftigung und meint nicht, sie müsste mein Ohrli wieder anknabbern.

Ich träume dann einfach so vor mich hin – weiß gar nicht was – und stehe erst zum Mittagsfressi ganz laaangsam und gemütlich auf. Gerne lasse ich mich auch dazu extra und exklusiv einladen, obwohl ich ja immer sofort Bescheid weiß, was angesagt ist. Und es duftet ja schon (ver-) lockend von der Küche bis ins Büro. So weiß ich genau, ob es Rind oder Schaf oder Huhn gibt. Egal, das sind alles meine Lieblingsgerichte! Manchmal lasse ich Kari schon vorgehen(ha, was heißt „gehen"?) – sie rast natürlich in die Küche!

Natürlich ist sie auch schon lange vor mir fertig. Das ist halt der Unterschied zwischen einem Gourmand (der sie eindeutig ist) und einem Gourmet (der ich natürlich bin). Ich genieße mein Fressi ganz gemütlich und bedächtig. Jeden einzelnen Bissen schleckere ich genussvoll in mich rein, lecke mir anschließend das Maul voll Freude. Meine Große fragt natürlich: „Das war lecker Pax, gell?"

Darauf antworte ich gar nicht, denn es war natürlich lecker … und wie!

Aber sie versteht auch so meine Antwort – man(ndi) muss ja nicht immer so viel reden! Anschließend freue ich mich auf ein kleines Knabber-Dessert vor dem wohlverdienten Mittagsschlaf. Kari natürlich auch, denn wir werden ja gleich behandelt. Manchmal gibt es auch ein paar Kekse … wenn die beiden Großen Kaffeeli trinken. Nein, natürlich nicht so doofe Menschenkekse, sondern feine gefüllte Hundekekse. Ach, ist das ein Schlaraffenland!!!

So vergeht ein Tag eigentlich wie ein Traum und Träume sind gemütlich, wie Ihr wisst. Gemütlich, weil ich mich ungehindert bewegen kann überall in der Wohnung; gemütlich, weil es so viele Glücksmomente mit Streicheleinheiten und ohne Furcht gibt!

ZENTRUM UNSERER WELT

Als Manndi von Welt, der ich ja mittlerweile manchmal bin –
mein Selbstbewusstsein wird halt manchmal empfindlich gestört in der lauten Außenwelt – hat man(ndi) so seine Interessen.
Also: Als wir heute Gassi gehen wollten nach dem Fressi habe
ich erst einmal höflich gewartet, bis wir alle drei fertig waren.
Dann freute es mich umso mehr, in unseren Garten zu gehen.
Wenn Frauli abgeschlossen hat, kann Herrli mich ohne weiteres freilassen, denn ich laufe ihm ja nicht weg – im Gegenteil!

So geschah es natürlich auch. Ich konnte frei im wohlbekannten
Garten meine Nase mit den wunderbaren Düften erfreuen, umher spazieren nach Belieben mit sicheren Schritten und natürlich auch meinen Geschäften nachgehen ohne Störungen. Das ist
mir sehr wichtig, nicht gestört zu werden. Frauli geht anschließend direkt zu meinen Plätzen und macht alles wieder fein: ein
wenig Wasser mit der Gießkanne, damit der Rasen nicht über-
düngt wird und schön wachsen kann (ich liebe nämlich diese
leckeren frischen Spitzen ab und an, sie helfen manchmal meinem Bäuchlein).

Na, und den Weg ins Zentrum unserer Stadt kenne ich auch
schon sehr genau: aus dem Garten nach rechts, dann ein länge-
res Stück geradeaus, wieder rechts mit Zwischenhalt an der kleinen Wiesenecke, wo ich auch gerne meine Visitenkarte hinterlasse. Dann geht es wieder links und durch den längeren Tunnel
(sie nennen es Neutor, obwohl es doch ziemlich alt scheint).
Da sind oft – hu, das mag ich nicht gerne, und oft fürchte ich
mich auch ein wenig – so laute Touristengruppen, viele Gesprä-

che, klappernde Absätze. „Hoffentlich sehen die mich und treten mich nicht", denke ich dann, aber meine Beiden beruhigen mich schon! Herrli hält mich ganz nah bei sich und Frauli geht zur Deckung hinter uns.

Dann gingen wir ins Festspielhaus – na, ehrlich gesagt, daran vorbei, aber immerhin etwas Besonderes! Es war gut und gemütlich, danach im Kaffeehaus auszurasten. Man stelle sich vor: Der Ober brachte mir gleich einen Napf mit Wasser! Ich bin schon wichtig, gell?! Aber ich habe auch so meine Gewohnheiten und nehme nichts von Fremden an. Ich trinke und fresse umso lieber zu Hause.

Jaja, klar, wir mussten auch wieder zurückgehen, aber da habe ich mich schon auf zu Hause gefreut, auf mein Fressi, mein Wasser, unser Spiel, unsere Gemütlichkeit!

ZWEIFEL – HIER UND DA

Manchmal, ja manchmal, da frage ich mich schon, ob ich für Herrli noch genauso wichtig bin, wie früher, als die Kleine noch nicht da war. Na ja, eigentlich bin ich schon fröhlich … fast immer. Wir verbringen alle gemeinsam so richtig lustige und spannende Tage, an denen immer etwas los ist.

Dann kommt so ganz unvermutet wieder so plötzlich wieder dieser Zweifel. Jedes Mal, wenn Kari ihr Anliegen äußert (und das ist erstaunlich oft), prescht Herrli sofort los mit ihr und sagt mir nur, dass ich bei Frauli bleiben soll.

Braaa – herbe Enttäuschung! Na, na, na, gar so herb nicht. Wir unterhalten uns sehr gut, und manchmal gehen wir auch auf den Balkon, wo die Blumen so fein duften. Und diese Zeiten sind die Gelegenheit für mich, meine „Nur-für-dich-Pax"-Hähnchenfilets in Ruhe und ungestört zu knabbern ohne gierige Störungen!

Frauli hat mir schon erklärt, dass ich ja ein großer, gscheiter Manndi bin, der alles kennt und weiß, und dass Kari halt noch so ein kleines Mädi ist, die noch viel lernen muss. Stimmt genau – leider – und so sage ich der Kleinen später auch, was sich gehört und was nicht. Dann wird sie immer ganz kleinlaut. Die kann doch nicht **unsere** Wohnung einfach so beklackern auf jede Art und Weise! Und Frauli, die dabei ganz ruhig und gelassen bleibt, muss schon wieder alles saubermachen …

Meine Große hat mir auch erklärt, dass Herrli halt mit Kari gehen MUSS, denn sie selber kann das kleine Krokodil gar nicht an der Leine halten. Mich schon, aber ich rase ja auch nicht gleich los wie ein Irrer, bloß weil gerade ein Artgenosse kommt. Die anderen Hunde und Menschen sind mir – offen gestanden – von Herzen wurscht. Ich erledige meine Geschäfte und damit hat sich's bis zum nächsten Mal. Ansonsten wandern wir ganz friedlich und gemütlich.

Und sie hat mir auch erklärt, dass ich für Herrli ein ganz besonderer Manndi bin. Ja, schon … er ist ja auch immer ganz lieb zu mir. Aber ich fühle mich manchmal doch ein wenig ausgeschlossen. Nun gut, manchmal geht Herrli dann auch extra mit mir, und die Kleine bleibt daheim. Das ist wiederum gerecht und versöhnt mich mit der Welt!

ZWISCHENDURCH ÄNGSTE

Na klar, ich vertraue meinen beiden schon. Aber manchmal, wenn wir Gassi gehen, dann überkommen mich so ganz unvermutet und unerklärbar so diffuse Angstmomente. Ich weiß auch nicht … Dann zucke ich mitten in der schönsten Unterhaltung auf einmal zusammen, halte inne und gehe in Deckung. Kommt dann das vertrauenerweckende: „Ist alles in Ordnung, Pax", dann bin ich schon beruhigt, muss aber trotzdem erst noch abwarten zu meiner Sicherheit. Also bleibe ich erst noch in Kauerstellung, fast am Boden liegend, und sondiere die Lage. Man weiß ja nie, ob von irgendwo doch noch ein Schlag oder Tritt kommt.

Ausgelöst werden solche Momente bisweilen einfach durch eine Pfütze, einen hüpfenden und auffliegenden Vogel, ein vorbeirasendes Auto oder Fahrrad, ein paar alberne Kinder oder vorbeigehende Schuhe mit Klack-Effekt … Schlimm ist mir auch, wenn irgendwo gehämmert oder gebohrt wird, da spanne ich mich richtig an, oder ich fliehe nach innen. Welche Erinnerungen aus der Vorzeit da wachwerden in mir, kann ich nicht sagen. Ich weiß nur, dass es mich richtig reißt innerlich in solchen Momenten. Manche Menschen oder Hunde sind mir wurscht in der Begegnung. Aber manche haben etwas Ungutes an sich, da gehe ich dann auch ganz still vorbei nach dem Motto: „Ich sehe euch nicht, ihr seht mich also auch nicht … also könnt ihr mir gar nichts tun … ich bin momentan nicht gegenwärtig". Das funktioniert auch, denn hier hat mich niemand je gefährdet. Im Gegenteil, eigentlich bin ich ja auf Rosen gebettet.

Ich bin kein Psychologe und auch kein Elefant mit entsprechendem Gedächtnis. An mein Vorleben erinnere ich mich nicht. Wie man weiß, lebe ich instinktiv immer im Augenblick. A u g e n – B l i c k . hmmm … wenn die Augen nicht sehen, sieht man umso schärfer im Grunde genommen. Mein Gehör ist sechs- bis zehnmal besser als das der Menschen und besser auch als das der sehendenden Vierbeiner. Und meine Intuition und Sensitivität sind im Grunde unschlagbar (ich will mich ja nicht loben). Auch Frauli sagt schon immer: „Wenn unser Großer jemanden ausbellt, dann stimmt mit dem irgendwas nicht". Jaja, wuff, wuff, ganz richtig! Aber es wird nicht alles offenbar werden, da Menschen sich ja hinter ihren Wörtern verstecken können. Da rede ich wohl eindeutiger, nicht wahr?

Diese unkalkulierbaren Ängste, zwischendurch, unerwünscht, nicht gerufen – vielleicht werden sie ja hier irgendwann vergehen. Das hoffe ich sehr! Meine beiden Großen haben ja die dringend notwendige Geduld mit mir – und vielleicht sind es gerade unermüdliche Geduld und Liebe, die mir eine stabilere Ausgeglichenheit bringen. Das hoffe ich sehr, denn hier fühle ich mich eigentlich rundum wohl und geborgen. Das sieht man mir am Gesicht und meiner Körperhaltung daheim an! Hier bin ich Pax, hier darf ich's sein!

DELIKATESSE

Erwähnte ich schon, dass ich seit einiger Zeit nicht mehr gerne in die Küche gehe? Irgendetwas hält mich davon ab, obwohl dort niemals etwas passiert ist.

Oder vielleicht ist es auch nur so: Ich bin ja jetzt schon groß und mag auch gerne dort fressen, wo unsere Großen es tun. Kurzum: Frauli hat halt wie immer alles geregelt.

Seitdem fressen meine Kleine und ich gemütlich **auch** im Esszimmer!

Aber ich wollte ja von Delikatessen erzählen …

Gut, eigentlich sind alle unsere Mahlzeiten etwas Besonderes, weil wir offensichtlich auch etwas Besonderes sind.

Aber manchmal gibt es auch Überraschungen oder, besser gesagt, Erweiterungen unseres Menüs. So gab es auf einmal auch Ente mit Kartoffeln. Mmmh – war das lecker! Ich habe genüsslich gefressen und mich dann wieder zurückgezogen ohne ein Wort.

Frauli fragt dann immer: „Lecker war das, Pax, gell?", und ich lecke mir die Lippen.

Aber dann – nein, bitte entschuldigt, ich muss doch weiter ausholen. Also, Kari frisst ja neugierigerweise und gnadenlos alles, wo ich schon sage: „Nein danke, nicht nötig."

Jedoch – es war wohl während dieser superheißen Sommertage – da wollte sie am liebsten überhaupt nichts fressen. Komisch. Ich war da schon gscheiter, und habe mich bei Kräften gehalten …

Dann jedenfalls kam Frauli auf eine (appetitanregende!) Idee: so gab es zu unserer Überraschung nicht nur das bekannte Huhn

mit Reis, oh nein, darauf war völlig überraschenderweise Parmesan gestreut!
Wer wollte da noch einen klitzekleinen Moment widerstehen???
Na, wir beide jedenfalls nicht! Haben wir geschlemmert und geschleckert! Und die Kleine hat unsere beiden Näpfe noch blitzeblank geschleckt!

Mittlerweile gibt es diese Überraschung öfter schon einmal und das ist jedes Mal ein Fest für uns. Wir feiern nämlich gerne, sehr gerne einmal Feste!
Hach – wir müssen wohl doch etwas Besonderes sein – das spüren wir **auch** daran ganz genau. Hinterher gibt es dann manchmal sogar noch so ein Ochsendingsda … weiß den Namen nicht mehr … ist auch wurscht … jedenfalls ist das ein leckeres Dessert für uns!
Damit können wir uns dann noch in aller Ruhe eine ganze Weile beschäftigen und unsere Muße genießen! Halt eine gediegene Knabberstunde einlegen – aber die kennt ihr ja schon.

Ach ja, und dann war da in einem der wohlvertrauten Pax-und-Kari-Pakete auch noch sowas Leckeres: Fischlein mit Hühnerfilet umwickelt! Hui – auch was ganz Spezielles.
Ich merkte, dass mir MEINE besonderen Filet-Streifen reserviert blieben, aber hier hatten wir auch etwas Gemeinsames, Neues.
Leckere Überraschungen sind bei uns natürlich sehr beliebt. Da merken wir bei jeder Präsentation, dass etwas ganz Tolles passiert. Und ich, der Große, darf wohl behaupten, dass wir allmählich und mit jedem Mahl mehr zu richtigen Feinschmeckern werden!

Solche Delikatessen bekommen wir … und … jaja, das sagen zwar immer Zweibeiner … aber Liebe scheint wohl doch wirklich durch den Magen zu gehen!

NEUE FREUNDE

Wie ihr wisst, ist unser altes Herrli schon lange im Himmel. Frauli sagte es, wäre schon ein Jahr, also muss es da wohl besonders schön sein.

Frauli war und ist so krank, dass sie nicht mehr mit mir und mit Kari Gassi gehen kann. Schade – aber sie bereitet unser leckeres Fressi vor, das mit Riesenpaketen kommt.

Ein Glück, dass ich das nicht besorgen muss, denn ich habe es gerne gemütlich.

Meine Große hat uns sehr lieb. So hat sie auch für uns einen spannenden Auslauf organisiert, der mehr ist als nur der Balkon, obwohl der schon schön und lavendel-duftig ist.

Nun kommen Ma()iana und ihr Mann Pe-u Sie sprechen anders als wir, aber ich verstehe sie gut.

Denn sie sind beide sehr lieb und geduldig! Liebe Worte und Streicheleinheiten erhalten wir ganz oft.

Ach, wenn doch alle Zweibeiner so wären, wie unsere drei Gefährten. Das ist lustig und friedlich.

Ma()iana und Pe-uu haben jetzt noch ein neues Kind, Bobino. Der ist auch sehr nett und lie.

Ich belle ihn manchmal an, denn er ist mit seinen zwei Jahren noch so ein Baby, das viel lernen muss und kann.

So sage ich ihm ganz klar und eindeutig „Schau, ich bin hier der King. *Ich bin der Größte und Schönste und Gescheiteste!"*

Unsere Tage sind schön und gemütlich, selbst wenn der Tag mal Sch ... regen zeigt oder Sch ... wind. Ihr kennt solche Wörter nicht?

Das ist unsere Kreation, um nicht zu fluchen, hihi.

FRISIERTER FRIEDLICHER PAX

Der Sommer ist nun vorbei, und ich bekam eine Überraschung von Pee-u.

Mit heiliger Geduld (das ist einer seiner Vorteile) wandte er sich meinen Haaren zu. Hui, schnipp, schnapp, schon waren lange Haare ab. Ich fühlte mich wie beim Friseur! So ein Luxus!

Versteht sich, dass ich trotzdem erst mal Schutz suchte unter dem Tisch nach alter Gewohnheit. Aber meinem Freund vertraute ich natürlich, zumal meine Große mir ihre Begeisterung mitteilte. Nun bin ich frisch und fröhlich. Auch Ma()iana wusste gleich Bescheid, wer ich bin, nämlich der Schönste, Liebste und Gescheiteste.

Na klar, ich bin ein Star! Ich bin ein Schäfer-Mischling und fühle mich Pudel-wohl. Blind und gut gemischt!

Mein Leben, zumal mit solchen Prachtfreunden wie Ma() iana und Pe-uu, ist eine Wonne!!!

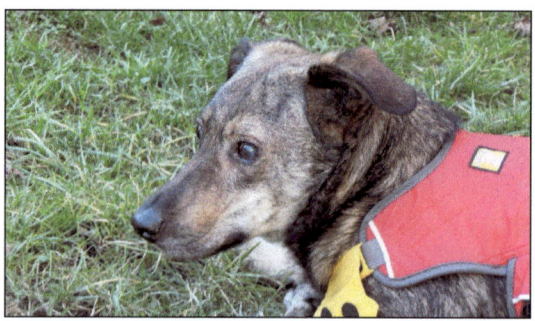

PLATTER PAX

Wenn ich mal gerade nicht geschäftlich unterwegs bin mit meinem Freund Pee-u, dann kann ich nach dem Gang zu Hause ausruhen und neue Kraft schöpfen. Oh ja, wenn es noch nichts zum Knabbern gibt, dann schlendere ich zu meinem Stammplatz unter dem Esstisch.

Oder ich leiste meiner Großen Gesellschaft in der Küche auf eine nette Zigarette.

Hoho. Mein Schleim ist ja ein Reim – vielleicht bin ich ja auch ein Dichter …

Jedenfalls mache ich es mir entspannt ganz gemütlich und strecke alle Viere von mir.

Das genieße ich total!

Meine Große sagte schon mal lächelnd zu mir: „Pax, Du liegst da wie 'ne Flunder – du bist ein echtes Wunder."

Stimmt, das bin ich auch, wie ich in aller Bescheidenheit sagen kann.

PAX-PERTE

Was ihr vielleicht noch nicht wisst: Ich schlafe so gemütlich und ruhig, wenn ich bei Frauli am Komm-pjuuuter liege, wo sie viel arbeitet, Welch himmlische Ruhe!

Wir schweigen beide, und niemand zerstört unseren Frieden.

So lässt sich der Tag beginnen!

Die wirbelige Welt weiß noch nichts von dem Tagestrubel. Nur manchmal rumpelt ein O-Bus vorbei, um sein Ziel zu erreichen, wo auch immer.

Also, ihr wisst, ich bin ein Manndi weniger Worte, aber ich bin eindeutig ein P-erte für -Pjuuter.

USELIGER TAG

Kennt ihr das Wort? Ich schon. Denn ich bin ja schließlich polyglott. Selbst die Sprache „Mensch" verstehe ich.

Das ist einfach ein Tag wie heute, an dem es schon geregnet hat.
Dann bleibt es grau, so grau, bis hier die Blüten blühen. So hat es ja schon einmal ein Sprachlehrer einer fäären Läädi gesagt.

Uselig hin oder uselig her, heute wird noch ein schöner und lustiger Tag. Denn bald kommt unser lieber Freund Rupert! Er arbeitet viel, um Frauli und uns zu helfen, aber ohne irgendein Tamtam. Das mag ich in dieser Ruhe sehr!

NEUAUFBRUCH

So, so, ich habe mich am ersten Tag nach der Reise erst einmal richtig ausgeschlafen bis halb zwei am Nachmittag (hörte ich). Kein Wunder, denn ich war ja noch total zugedröhnt von dem Zeug, das sie uns vor dem Aufbruch gegeben hatten – vermutlich, um uns Ruhe zu verschaffen. Jau, die hatten wir dann auch.

Frauli und Herrli (so stellten sie sich mir vor) freuten sich richtig, als ich aufwachte! Ich freute mich auch. Die Stimmung war gut, ich konnte mich in Ruhe noch einmal orientieren überall, und schließlich gab es ein gutes Fressen. Das schmeckte fast wie Gold, so außergewöhnlich.

Am Vorabend hatte mich die Freundin fast noch die Stufen hochtragen müssen und dann in den fahrbaren Käfig hinein.

Nun aber konnte ich mich schon vertrauter machen, als Frauli, Herrli und ich aufbrachen zum Gassigehen: mit dem Käfig hinunter, dann machte es Plumps, und wir stiegen aus.

Danach acht Stufen hinauf, Außentüre öffnen und neun Stufen hinunter (sie nannten es kurz „auf" und „ab"). Na, dann waren wir schon an der frischen Luft. Fein, es war kalt, aber es roch sehr interessant.

Herrli zeigte mir feine Bäume und Sträucher – das war nett, aber ich verstand den Grund nicht wirklich.

Es war gut, wieder ein paar Schritte zu laufen nach dem langen Liegen.

Die große Straße, die wir überqueren mussten, war mir schon unheimlich mit den vielen vierrädrigen Stinkies.

Aber mit den beiden hatte ich schon ein gutes Gefühl. Ich wusste, sie würden mich auf jeden Fall beschützen!

Na, die Geschichte mit der Tierärztin kennt ja schon jeder in groben Zügen. Sie war sehr nett zu mir, stellte mich auf eine Waage und untersuchte mich dann in ihrem Zimmer näher. Bei den Zähnen stellte sie natürlich gleich fest, dass ich mir einen abgebrochen hatte – weiß nicht, woran …

Mein rechtes Ohr hatte wohl eine Entzündung. Das gefiel mir nicht so sehr, wie sie es ausputzte, aber Frauli hielt behutsam meinen Kopf fest. Na, bitte sehr: Ohrentropfen wurden verordnet, zweimal am Tag, die begonnene Wurmkur sollte bis zum Ende durchgeführt werden, aber das war mir zunächst egal, schließlich bekam ich ja sogar Leberwurst.

Als wir heimgingen war ich schon erleichtert, auch wenn mich dort wieder neun plus acht Stufen rauf erwarteten. Ja, liebe Leute, wo sollte ich denn bitte im Tierheim Stufen kennengelernt haben? Aber meine beiden haben mit mir ganz langsam und geduldig einen Schritt nach dem anderen gemacht.

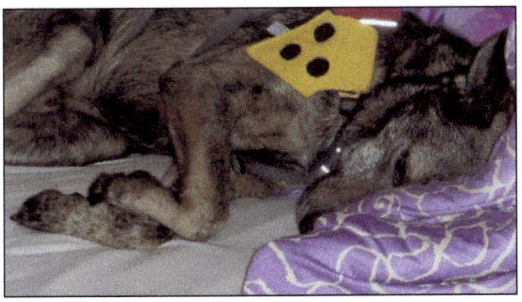

Erst konnte ich an den Stufen schnuppern, dann setzten meine Zweibeiner deutlich hörbar einen Fuß nach dem anderen auf die Stufen. Na, wenn die das konnten, dann konnte ich das wohl auch! Puh, und mit dem fahrbaren Käfig waren wir dann schließlich wieder oben.

Leckeres Fressen gab es, aber danach habe ich mich sofort wieder in Morpheus' Arme begeben, so geschafft war ich immer noch von der langen Reise des Vortages.

RIESENPAKET

Unglaubliche Dinge passieren manchmal – da soll man(ndi) sich auskennen … Heute hat es wieder einmal geklingelt. Eigentlich ist das ein sanfter Klang, aber er sagt mir glasklar, dass wieder ein fremder Zweibeiner kommen wird. Ich warne dann gleich: „Wuff, wuff, wuff, wuff – hier ist Pax, der Hüter des Reiches, ich beschütze meine beiden!!!" Na ja, Herrli wollte, dass ich bei ihm bleibe, und Frauli kam kurz darauf wieder zu uns herein. Hmmm – ich bin ja nicht neugierig, aber ich will natürlich alles wissen!

Frauli zeigte mir also an der Tür ein riesengroßes Paket; das war fast größer als ich und verriet nicht viel mit seinem Geruch. Da kam ich schon ins Grübeln, aber ihrer Einladung: „Komm Pax, das packen wir jetzt zusammen aus!", bin ich doch nicht gefolgt. Zu groß, bestimmt auch zu schwer! Ich konnte ohne Weiteres das Ergebnis abwarten, das glücklicherweise auch nicht lange auf sich warten ließ. Zuvor habe ich es mir erst einmal wieder auf meinem Betti gemütlich gemacht.

Hui! Auf einmal stellte Frauli ein zweites, ganz neues Betti daneben, fast so wie meins. Hui, juchhu, fein – das habe ich doch gleich einmal ausprobiert. Meinen Krallen hielt es stand, ich konnte darauf springen und liegen. Es schmiegte sich richtig an meinen Körper an – perfekt! Meine beiden haben mir dann erklärt, dass ein Betti für Kari ist und ein Betti für Pax. Ich könnte wählen, welches mir gemütlicher war.

Pax bin ich, das ist klar! Und Kari, jaja, Kari! Das war meine Freundin auf Kreta, und wir haben auch die Hütte zum Schlafen geteilt. Ob sie wohl zu uns kommen wird? Das glaube ich wohl verstanden zu haben. Warum hätten sie sonst den Namen erwähnt? Vorher war ja auch noch nie die Rede davon. „Schaun wir mal", sagt der Österreicher (der ich ja nun auch bin), „schaun wir mal". Aber zuerst mache ich es mir in allen Betten bei uns mal recht gemütlich. Als Bettentester bin ich unschlagbar, ein richtiger Experte! Und später werden wir erfahren, was sich so ergibt.

Ich könnte ja auch wechselweise liegen – mal hier, mal da – oder in ganzer Länge über beide verteilt. Oder ich könnte einen kleinen Spaziergang darauf machen und als Krönung einen Sprung auf das ganz große Betti machen, von der Seite oder direkt über das Fußteil (das kann ich auch schon, bin ja athletisch!). Jedenfalls habe ich eine ganz neue, unerwartete Möglichkeit zum Spielen für mich.

Euch kann ich es ja verraten, weil es unter uns bleibt: In der Nacht habe ich dann erst in meinem „alten" Betti geschlafen und danach in meinem neuen. Das war beides sehr fein und richtig gemütlich. Ich habe mich sehr wohl gefühlt!

Wenn die Kleine dann wirklich kommt, werden wir uns schon einigen. Das Leben gestaltet sich jedenfalls lustig, sehr lustig!

SCHLAFTAG

Gääähn – heute ist wieder so ein Schlaftag … Kein Wunder, bin ich doch schon aufgestanden, als es draußen noch ganz ruhig war, also wohl fast in der Nacht. Ich habe mich einfach ganz kräftig gerüttelt und geschüttelt und war dann mächtig froh, als Frauli mich schon begrüßte: „Guten Morgen, kleiner Pax. Bist du auch schon so früh wach?" Ja klar, ich hatte ja auch ein Anliegen, das sie natürlich sofort verstand. Bin ich ein Glücks-Pax, denn im Null-Komma-Nix war Frauli auch schon fertig, und wir konnten hinunterfahren. Grrr … war das zum Schütteln kalt, aber wir konnten mühelos und ohne Störungen alles erledigen, das war gut (denn Störungen bei Geschäftlichem schätze ich überhaupt nicht). Natürlich habe ich auch freudig mein doppeltes Lob entgegengenommen. Ich werde ja sooo unglaublich gerne gelobt! Beim Heimkommen habe ich mir auch die Fußi natürlich gerne abwischen lassen. Gerne? Na ja. Aber wie erwähnt, lasse ich mich gerne loben. Und außerdem hatte ich so auch die Möglichkeit, mit meinen sauberen Füßen wie eine Gazelle ins große Betti zu springen! Da ist es besonders gemütlich! Herrli begrüßte mich auch schon lieb, und ich habe mich mit einem wohligen Seufzer niedergelegt, meine zweifachen Streicheleinheiten genossen und zu ruhen geruht.

Ich bin erst wieder aufgesprungen, als Herrli gehen wollte und mich einfach ins Wohnzimmer zurückbrachte. Sowas – da wollte er ohne mich gehen! Dabei bin ich doch so ein braver und gscheiter Manndi … Aber er sagte, er muss ins Spital zum Untersuchen. Da darf ich nicht mit … hmmm. Na, immerhin kam Frauli bald aus dem Bad … da haben auch die Haare geduftet. Ich bekam dann MEINE Pax-Wurst, die weder Herrli noch Frauli fressen. Die ist nur für mich, Pax! Das ist fein! Also habe ich einfach alles genossen und mich dann wieder in den Flur gelegt, um auf Herrlis Rückkehr zu warten. Na, dann bin ich aber gesprungen zur Begrüßung! Gleich hatte ich auch wieder Appetit. Na, gar so gleich …

Erst konnte ich noch ein wenig, ganz beruhigt, schlafen. Schließlich war die Familie ja wieder ganz komplett zu Hause. Das habe ich am allerliebsten, wenn wir vollzählig zusammen sind. Dann kann jeder ungestört das tun, was ihm gefällt – schlafen zum Beispiel wie ich – oder spielen oder trinken oder fressen. Es ist in Ordnung, dass wir unterschiedliche Zeiten zum Fressen haben, und es hat auch jeder seine bestimmte Mahlzeit. Mjamm – lecker! Also, kommen wir wieder zurück auf den Appetit: An dem Schlaftag gab es dann zu Mittag für mich Schaf (ich bin ja so brav). Mmmh, das war wieder köstlich, und ich habe mir vor dem Dessert genüsslich die Lippen geleckt. Meine beiden waren begeistert, dass ich es so genossen hatte. Das Dessert war erst mal ein o-ee-oo (entschuldigt bitte, ich merke mir die Namen nicht so, Hauptsache, es mundet). Und gschmackigen Zeitvertreib hatte ich dann mit einem feinen Ochsenziemer – nur für mich, wie ich weiß und immer höre. Meine Zähne sind mittlerweile richtig gut und schön geworden! Tja, man wird mich noch „Herr Pax" nennen, gell?

Alsdann: Nach dem Essen soll mann(-di) ruhn … und die Sache mit den tausend Schritten habe ich mir für später aufgespart. Gäääähn … es gäbe noch so Manches zu erzählen, aber das bereden wir später.

STELLUNGS-BEHAUPTUNG

Ich bin ja wer, gell? Das wollte ich doch auch mal sagen. Ich bin Pax, der Erste hier und überdies der Ältere. Wenn mir jemand suspekt ist, aus welchen Gründen auch immer, na dann aber … der oder die wird aber ganz kräftig ausgebellt, da kenne ich nichts. Frauli vertraut mir da auch und weiß genau: Wenn ich jemanden dauerhaft ausbelle, dann stimmt da IRGENDETWAS nicht. Auf mein Feingefühl ist Verlass – absolut!

Heute Mittag habe ich mich selber auf Diät gesetzt – es gab zwar Huhn – aber ich war noch gesättigt vom Frühstück. Da gab es für Kari und mich das berühmte Frühstückchen, nämlich die guten Hundekekse, die Herrli und Frauli nicht fressen. Und danach konnten wir unsere Knochi (Rinderkopfhaut) genießen. Versteht sich, dass ich auch meine „Nur-für-Pax" diskret erbeten habe.
   Klar doch, zu Mittag hatte ich natürlich einen Mords-Plumps. Was das ist, weiß ich nicht – aber ich hatte es jedenfalls und war nicht zum normalen Fressen dabei. Pause, Pause!

Auch nach dem Nicht-Fressen sollte man ruhn, also tat ich das natürlich! Wenn, dann schlafe ich auch ausgiebig. Nicht etwa, dass ich einen Schönheitsschlaf bräuchte, nein, nein – ich bin ja schon schön (sagt meint Große). Aber man geht halt in sich oder in das Land der Träume. Meistens reißt mich dann das kleine Krokodil aus meinem Frieden heraus, was ich zunächst meistens erst mal mit einem ausgiebigen und unwilligen Grunzen quittiere.

Wenn die Kleine dann aber wie heute gar zu lästig wird, sich ständig mit ihren Pfoten an mich hängt und mich anknabbern will, ja, daaann sage ich ihr schon deutlich meine Meinung, das kann sich auch schon mal wild und laut darstellen. Ich mache ja eigentlich meinem Namen alle Ehre – aber in solchen Situationen werde ich schon mal wild, lieb wild … aber halt schon deutlich.

Na ja, zu der Zeit von unserem Fressi war dann ja wohl auch alles klar. Wie immer hatte Frauli alles vorbereitet, dann ertönte der Gong (gut, gut: der Löffel an unseren Näpfen und der Ruf „Pax, Kari, in die Küche". Also haben wir uns auf den Weg gemacht – klar, ich hatte ohnedies Hunger nach meinem Fasten zu Mittag. Dann blieb Kari an der Küchentüre liegen, auch die erneute Einladung von Frauli blieb ohne Ergebnis … sie blieb liegen. Na, mir war das wurscht, denn es gab ja etwas Gutes!

Erst als ich fertig war, folgte die Kleine der wiederholten Einladung brav (und hungrig). Na Da war die Welt doch wieder im Lot. Anschließend hatten wir beide vor dem abendlichen Büroschlaf noch etwas Feines zum Knabbern. Das habe ich gerne! Die Kleine liebt das natürlich auch, weil sie sowieso IMMER knabbern will, egal was! Oh, oh, das kann schon mal Ärger geben, aber nicht unentwegt, nur einen Moment.

Als wir dann zur Nacht ins Bett gingen, war ich ganz flink dabei. Ins Schlafzimmer und dann schwupp ins Bett … dabei verstand sich natürlich, dass ich auf meinen Thron ging, das Kopfkissen von Herrli. Ich habe es mir natürlich gerichtet, wie es am gemütlichsten ist. Ha, da war ich der König des Tages und des Abends! Ich bin schmunzelnd eingeschlafen, wie ich am nächsten Morgen hörte.

UMZUGS-UNRUHE

Puh – war das eine Zeit! So eine Aufregung wünsche ich niemandem und will sie selber auch nie mehr erleben. Also: Das kleine Krokodil war ja schon da. Und jeden Tag packte Frauli Kartons mit unseren Sachen. Das hatte auch schon begonnen nach und nach, bevor Kari kam. Das versteht wohl jeder, dass ich zu allererst Angst hatte, ich würde abgeschoben. Aber meine beiden Großen waren immer sehr freudig und zuversichtlich. Sie sagten, dass wir jetzt in die schöne große Wohnung kämen, die ich ja auch schon kannte, mit dem Balkon und dem Garten.

Gut, gut. So habe ich nur regelmäßig die fertig gepackten Kartons inspiziert. Und ihre Anzahl stieg merklich. Frauli hat aber immer erklärt, was darin war. Am besten kenne ich Bücher. Ich weiß, wie Bücher riechen (Kari auch, das ist ja eine gscheite Kleine). Aber die Karton-Stapel wuchsen und mit ihnen auch meine Unsicherheit. Die Stapel standen schön an der Seite (so waren sie keine Stolperfallen), aber mein Zweifel stand genau in der Mitte meiner Gedanken ... da hätte ja auch ganz plötzlich eine Wende der Situation kommen können.

Jedenfalls sind wir alle immer wieder mal rübergegangen (ich muss erklären: Es war ja nur um die Straßenecke herum, also eigentlich zwei Häuser weiter), und dort konnten die Kleine und ich uns nach und nach vertraut machen. Und wir konnten den ständigen Wechsel mit verfolgen. Es hat sich enorm viel verändert, und alles war aufregend, aber auch spannend. Wenn da bloß kein Knalleffekt kommt, dachte ich. Die Kleine hat das wohl weniger besorgniserregend wahrgenommen ... aber sie ist ja noch ein halbes Kind.

Dann kam ein außergewöhnlicher Tag. Es kamen zwei Männer, die Herrli kannte, und sie trugen uns einfach einen ganzen Teil unserer Sachen von zu Hause weg ... von unserem Zuhause!!! Na, war ich aber aufgeregt. Dann ging Herrli mit Kari auch weg, und ich blieb mit meiner Großen zurück. Sie hat mir aber schon erklärt, dass wir dann später auch in die große Wohnung gehen würden. So war ich halbwegs beruhigt ... nur halbwegs, bis wir dann wirklich hinübergingen.

Dort haben dann die Kleine und ich gefressen und die Großen auch – das war dann fast lustig, weil wir ja wieder zusammen waren. Es folgten später weitere Wochen der Unruhe, des Kistenpackens, Aufräumens und Bangens. Eigentlich ging es uns ja gut, aber es blieb mir dieses große ABER. Ich konnte mir alles nicht wirklich erklären, obwohl unsere Großen uns immer wieder alles erklärt haben, und obwohl unsere Tage eigentlich so lustig wie immer verliefen.

Tja, dann aber – dann kam der Tag (wie beim ersten Mal), wo die zwei Männer kamen und uns nach und nach einfach ALLES aus UNSERER Wohnung raus geräumt haben! Nichts blieb mehr da!!! Und nun??? Hei, aber: Als die beiden dann endlich wieder gegangen waren, kehrte auch schon wieder Ruhe ein. Gassi gehen, Fressi, spielen – alles war fast wieder normal. Es standen zwar überall jetzt die Kartons gestapelt, die Frauli früher drüben gepackt hatte, aber das war nicht schlimm. Sie standen ja so, dass wir nicht stolpern konnten.

An dem Abend sind wir nicht mehr nach Hause gegangen, sondern haben in der großen Wohnung alle vier geschlafen ... ach ja, dann war ich nach und nach gewiss, dass das ja jetzt unser neues Zuhause war und ist und bleiben wird! Da haben wir es doch gut getroffen! Frauli hat nach und nach alle Kartons verschwinden lassen, allen Dingen ihren Platz gegeben. Kari und ich, wir kennen uns sehr gut aus, denn wir wissen genauestens, wo die für uns wichtigen Dinge stehen!

Und ich als großer, gscheiter Manndi weiß natürlich auch, wo die Bücher stehen, die Frauli vorher lange eingepackt hatte. Und sehr, sehr gerne halte ich des Öfteren mal einen kleinen Schlaf in der Bibliothek!

VIERER-GEFÜHL

Naja, ich muss gestehen, dass mir erst einmal mulmig zumute war, als das wirbelige kleine Krokodil namens Kari zu uns kam. Ich wusste ja nicht, ob ich auf einmal alle Privilegien verlieren würde. Deswegen habe ich der Kleinen auch gleich klargemacht, wer hier welche Priwi-eee-ien haben kann! Ich wollte ja nicht, dass sie gleich in ihrem kindlichen Übermut alles an sich reißt. Ein paar Mal bellen, ein bisschen anknurren (nicht zu wild), und dann war schon alles klar. Als Kind hat sie wohl noch ein paar Versuche unternommen, ist aber beim ersten „Grrr" sofort zurückgewichen. Brav!

Genau betrachtet nach einigen gemeinsamen Monaten: Verloren habe ich letztlich eigentlich nichts. Außerdem kannten wir beide uns ja schon aus der Zeit bei Costoula auf Kreta. Es verbindet allein schon, wenn zwei Blinde gegen die Meute der Sehenden bestehen müssen, ohne Schaden zu nehmen. Und unser sozusagen Zimmer haben wir ja auch dort schon geteilt – das war also hier nichts Neues. Neu war wohl die Gemütlichkeit, neu war, von unseren beiden Großen immer direkt und exklusiv angesprochen zu werden. und direkte Ansprache zu finden, wenn wir aktiv den Kontakt suchen.

Bekam ich früher alleine einen Knochen, so bekomm halt jetzt auch Kari einen Knochen. Das geht bei allen leckeren Sachen so – eins für Kari, eins für Pax oder eins für Pax, eins für Kari. Mittlerweile drängelt sie sich auch nicht mehr immer vor, sondern macht fein „Sitz" und wartet. Ich drängle sowieso und überhaupt nicht. Erstens bin ich ja schon ein Manndi, und zweitens kann ich schon IMMER darauf vertrauen, dass für uns beide etwas da ist.

Das ist beim Fressen genauso: Kari hat ihre Näpfe und ich, Pax, habe meine Näpfe. Die Kleine ist gerne bei den Vorbereitungen schon dabei (Frauli erklärt ihr auch immer alles). Ich komme dann erst zum Gong (oder Löffel am Napf). Zur Frage „Na, seid ihr bereit?", stehen wir schon vor unseren Näpfen. Jeder von uns erhält seinen Wunsch: „Guten Appetit, alles für Dich." Na, und ob wir dann Appetit haben! Kari schlingt wie ein Wolf (ich bin eher der Genießer), aber sie hat schon gelernt, mich noch in Ruhe zu lassen, bis ich auch fertig bin.

Manchmal, eher abends, fressen unsere beiden auch so einen – mjamm – leckeren Käse, der so einladend duftet. Dann machen Kari und ich unser aller-wunder-feinstes „Sitz", das man sich nur vorstellen kann (Photographie-reif, oh ja!) und recken unsere Nasen ganz unauffällig nach oben zum Tisch. Nach einer Weile stillen Wartens wird es dann gemütlich für uns vier. Dann heißt es: „Ein Stück für Herrli, für Frauli, für Pax, für Kari." Oh, das ist lustig, das genieße ich mit jedem Bissen, Kari wohl auch ... und unsere beiden haben richtig Freude an unserer Freude.

Ja – wir Vier gehören zusammen, wir sind eine Familie, die fest verbunden ist und sich die Sommertage gestaltet. Wir sind Salzburger, wir vier, und daran ändert sich nichts!!!

ZUWACHS

Leute, Leute, Leute – war daaas was Irres heute!!!

Ich hatte ja schon in den letzten Tagen gespürt, dass da was geschehen würde, aber ich konnte es gar nicht weiter zuordnen. Wohl spürte ich deutlich, dass meine beiden sich freuten und auch ein wenig bang waren. Mir wurscht, denn ich hatte ja alles wie immer: leckeres Fressi, viele, viele, viele Streicheleinheiten von beiden und auch natürlich meine besten Leckerli der ganzen Welt. Manchmal ging Frauli sogar extra ins Zentrum, um sie für mich zu holen … und ich weiß, wie weit das ist.

Jedenfalls – heute war alles noch ganz – das konnte man schon fast riechen.
schon fertig war), danach etwas Leckeres zur Stärkung, weil ich ja so brav war (versteht sich doch).
Dann noch mal ganz gemütlich ins Betti … mmmh … Vormittags ein wenig spielen und zu Mittag eines meiner Lieblingsgerichte (eigentlich sind alles meine Lieblingsgerichte – außer Fisch, den mag ich nicht). Nach meinem wohlverdienten Mittagsschlaf konnte ich mich schon auf meinen kleinen Ausflug mit Herrli freuen! Und auf mein Zuhause, auf Frauli und natürlich auf mein Fressi zu Abend. Lustig war's, aber merkwürdig: Danach gingen wir nicht gemütlich ins Betti, sondern blieben am Tisch. Schließlich läutete das Telefon, meine beiden freuten sich … und der Wirbel ging los. Gemeinsam fuhren wir mit dem fahrbaren Käfig hinunter. Vor dem Haus trafen wir eine Freundin, die ich schon von ihren Besuchen auf Kreta kannte, ihren Vater – und – na, haltet euch fest: meine Freundin aus dem Tier-

heim aus Kreta. Wow, wuff, wuff, da war ich baff. Einerseits habe ich mich gefreut, andererseits wusste ich schon, dass der häusliche Frieden dahin wäre.

Schließlich, bitte schön, bin ich ja schon ein Manndi, ein gscheites Manndi, und die Kleine ist ja noch so klein (ein Kind halt) und blind wie ich. Na, da ich ja ein Manndi von Welt bin, habe ich ihr mal meine Wohnung gezeigt (obwohl – ich wäre ja schon müde gewesen und sie doch wohl auch nach dem Flug). Nein, justament wollte sie noch was erleben. Hei, ist die gewirbelt! So ein Temperament hat die Kleine. Einmal Gassi gehen (aber natürlich ohne die erhofften Ergebnisse. Die Freundin und ihr Vater verließen uns dann wieder, und ich habe mich sehr bedankt für ihren Besuch.

Eigentlich, ja, eigentlich hätte ich ja schon längst gemütlich geschlafen nach einem lustigen Spiel mit meinen beiden … Na, der Kleinen hatten sie wohl statt Beruhigungsmittel ein Hallo-wach-Mittel verabreicht zum Flug. Meine Ruhe war jedenfalls erst mal dahin. Aber bevor wir schlafen gingen (Kari hatte schon ihr Bett kennengelernt), habe ich erst mal demonstriert, wer hier der Hausherr ist. Also bin ich wie immer leichtfüßig elegant auf „unser" (darf ich wohl sagen!) großes Betti gesprungen. Und was macht die Kleine??? Sie will mir hinterher! Na, da habe ich sie aber gleich zurechtgewiesen oh ja! Sie hat auch artig einen Rückzieher gemacht und ist in ihr eigenes Bett getrippelt … tripp, tripp, tripp …

Gut so – und nachdem meine Großen uns lieb eine gute Nacht gewünscht hatten, konnte ich auch in aller Pax-Ruhe bei ihnen einschlafen nach einem langen, aufregenden Tag (die Kleine im Kuschelbett auch).

Die Autorin

Petra Ohl, 1957 in Bonn-Bad Godesberg geboren,
ist Lyrikerin und Konzertsängerin. Nach dem Abitur
arbeitete sie sieben Jahre als Fremdsprachenkorres-
pondentin und Dolmetscherin in Turin/Italien.
1986 bis 1991 absolvierte sie eine Gesangsaus-
bildung bei Agnes Giebel in Köln. Ihren Ehemann,
den Kantor Fritz Ohl, begleitete sie bei Konzertver-
anstaltungen, unterstützte ihn in der Kirchenmusik.
Von 1992 bis zu seinem Tod 1995 pflegte sie ihn.
Petra Ohl hat seit 1989 Lyrik und Kurzprosa ver-
öffentlicht. Für ihre Werke erhielt sie mehrere Aus-
zeichnungen, unter anderem 1994 und 1995 den
1. Preis, 1996 den 2. Preis beim Internationalen
Lyrikwettbewerb in Benevento/Italien. Die Autorin
war bis zu ihrem Umzug nach Salzburg Mitglied im
Freien Deutschen Autorenverband. Sie war als ehrenamtliche Schriftführerin beim Künstlerverband
GEDOK sowie als Honorarkonsulin für Deutsch-
land bei der Akademie von Europa in Neapel tätig.
Heute lebt sie in Salzburg.